首席駭客

11 趁火打劫

銀河九天 著

Contents 目錄

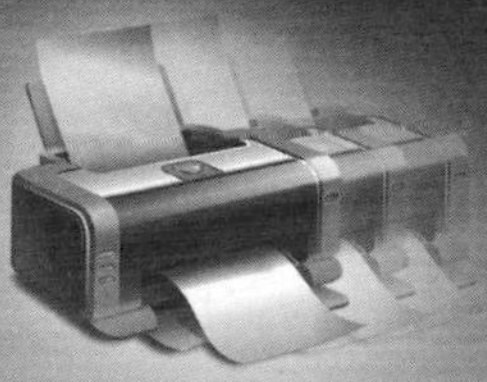

第一章　超級密碼

戴志強又捏了捏下巴，「不過，即便是在這種情況下，只要網管及時出現，輸入超級密碼，鎖死的狀態就會取消掉，不會鎖死三十分鐘啊！」

「超級密碼？」蘭登大驚，「什麼超級密碼？」

ＯＴＥ的速度還是那麼快，戴志強半個小時後就趕到了救火現場，他的直升機直接停在了情報部的大樓頂部，蘭登此時就在那裏負責接引。

「是戴先生吧？」蘭登看見戴志強露出笑容，ＯＴＥ派他們的歐洲區負責人親自過來，足見對這事的重視。

「是蘭登將軍吧？你好！」戴志強淺淺一握，「既然事情緊急，我看還是先去到現場去瞭解一下情況吧！」

蘭登心中一驚，沒想到ＯＴＥ對自己情報部門是瞭若指掌，初次見面便能叫出自己的名字來，他詫異地打量了一下戴志強，然後才道：「請，戴先生！」

和上次在F・SK差不多，蘭登帶著戴志強連續過了十多道關卡，戴志強身上的所有電子產品在過第一關的時候就被清理得一乾二淨了，又把認為有攻擊性的東西也全收走了，好在戴志強接手的客戶差不多都是這個樣子，他早已習慣。

「戴先生，這裏就是我們的十一號實驗室，病毒的源頭就是這裏！」蘭登一伸手，示意戴志強可以動手了。

「你們誰是這裏的負責人，向我簡單說明一下事情的經過！」戴志強看著屋裏那些專家，現在電腦都不能動了，他們都乾坐著，有些喪氣。

蘭登往前一步，「阿德萊曼，你給戴先生把病毒的事情說明一下，戴先生是我們請來的專家，負責分析中毒的原因！」

「是，將軍！」阿德萊曼一敬禮，然後走到戴志強面前：「戴先生，事情是這樣的，今天我們接到任務，要對一批加密的檔案進行解密，由於缺少一個解碼器，我們就從網上下載了這個解碼器，隨後就發生了中毒的事，導致我們好幾個實驗室都被感染。我們對下載到的解碼器進行了檢查，並不含有病毒代碼，所以我們初步猜想，應該是在下載的過程中感染了病毒。」

「唔！」戴志強點了點頭，「我先做個檢查，隨後再告訴你結果！你們的那些加密檔，還有下載到的解碼器在哪台電腦上？」

阿德萊曼側頭看著蘭登，這可是機密檔案，讓一個外人看，似乎不好吧！

「你領戴先生去看看吧！」蘭登將軍點了點頭。

阿德萊曼奇怪地看了看戴志強，然後才道：「是七號電腦，戴先生跟我過來！」說著，他來到一台電腦前。

「就是這台電腦，現在系統運行正常，但是許可權被鎖死了，檔案無法複製移動，也無法運行。我們試著恢復系統，但還是不行！」

「哦，這是病毒的自我保護，」戴志強在電腦上看了看，然後道：「你們要解密的是哪個文件？解碼器又放在哪裡？」

阿德萊曼點了幾下，然後道：「這是檔案，這是解碼器！」

「咦？」戴志強看了驚奇地說，「你們怎麼會下載這個解碼器？」

「這個解碼器怎麼了？」阿德萊曼問。

「這個解碼器十分古老了，而且很少用到。如果我沒記錯的話，這個解碼器是中國駭客所創，作者是大名鼎鼎的西毒殺破狼，這個人，你們情報部門應該是很熟悉的。」戴志強看著那解碼器搖頭，「這種解碼器只能復原一種加密格式，但會那種加密格式的除了西毒殺破狼，就沒有別人了！」戴志強看著阿德萊曼，「怎麼？消失了將近三年的殺破狼又出現了？」

阿德萊曼搖頭，「那倒不是！只是和這批加密檔在一起的，還有一個殺破狼的狼頭標記，我們覺得兩者有聯繫，在網上找了很久，才在一個中國駭客的網站上找到了這個工具。」

「狼頭標誌？」戴志強再次感到意外，「驗過沒有？是殺破狼的標記嗎？」

「是！」阿德萊曼說著，「是殺破狼的獨家標記，內建的日期顯示是三天前製作的。」

「這就奇怪了！」戴志強捏著下巴，「這個標記失蹤將近三年的時間了，怎麼會突然出現呢，你們是不是惹上殺破狼了？」

「絕對沒有！」阿德萊曼連連擺手，自己惹的是劉嘯，又不是殺破狼，當時他看見這個標誌還很納悶呢，為什麼這標誌會在劉嘯的信箱裡，難道殺破狼還趕在自己行動之前捷足先登了不成？

「算了！」戴志強也懶得打聽了，反正問了人家也不會說的，「我先幫你們找出問題的原因吧！」

戴志強趴在電腦上敲了好一陣子，過了幾分鐘，道：「解碼器沒有任何問題，病毒也不是從網上來的！」

「這怎麼可能？」阿德萊曼有些急了，「難道這病毒還是從我們電腦上來的不成？」

「你要這麼說，那也沒錯！」戴志強拍拍手，站了起來，然後就又習慣性地摸向自己的公事包，準備掏文件了。

「戴先生！」蘭登此時開口，「ＯＴＥ的規矩我們知道，錢絕對不會少一分，你就不要賣關子了，先告訴我你的結論！」

戴志強停下手裏的動作，然後笑道：「這個病毒是個機關程式引發的，機關藏在加密檔之中，而引發病毒的消息卻是在這個解碼器之中，我這麼說，蘭登將軍應該明白了吧？」

「你的意思是說，是我們用這種解碼器進行解密的時候，引發了病毒？」蘭登將軍問道。

戴志強點頭，「沒錯，病毒就是這樣爆發的！我剛才還納悶為什麼會有那個狼頭標記，我現在明白了，那是個錯誤的線索，故意引你們去下載這種解碼器，能設這種局的人，絕對是高手！」戴志強說完，疑惑地道：「只是我很奇怪，為什麼會出現這個狼頭標誌呢？難道是殺破狼設的局？」

蘭登一捏拳頭，心裏咒罵不已，他早就懷疑這是騙局，現在戴志強的結論，剛好證實了自己的猜測，這個劉嘯實在是太高明了，他料準了自己的一舉一動。先用一個攻擊成功的假象迷惑自己，讓自己以為是得到了天大的寶貝，然後再給你步步設套，讓你左右出醜，顧頭不顧尾。

「蘭登將軍！」戴志強拿出了兩份文件，放在電腦桌上，「如果需要我們幫你清除病毒的話，請簽藍色的那份；如果只是想知道結論，就簽紅色的那份！請！」戴志強一伸手。

蘭登想了想，簽了那份藍色的，他已經知道這是個騙局，也就明白那些從信箱裏得到的文件一文不值，但他還是得讓ＯＴＥ來幫自己清除病毒，因為這幾個實驗室的電腦上還有很多未分析的情報。

戴志強笑呵呵地收下協議，然後把那份紅色的收回到公事包裏，「你們的信譽我完全相信，這樣吧，我現在就開始動手幫你們清除病毒，麻煩蘭登將軍派人到門口把我的那個硬碟拿過來！」

蘭登將軍一揮手，一個通信兵就快速奔向外面去了。

「戴先生，我還有一個問題想請教你！」

「請說！」

「軟盟的策略級防火牆，不知道戴先生有沒有研究？」蘭登看著戴志強。

「那當然！」戴志強笑道，「我忘了告訴你，軟盟和我們ＯＴＥ是合作夥伴，我們也是軟盟策略級引擎的授權開發者。對於軟盟的那款防火牆，我們是有研究的！」

蘭登心裏咯登了兩下，ＯＴＥ用的也是軟盟的策略級引擎，而且還是合作夥伴，那自己找ＯＴＥ來對付軟盟，豈不是找錯了對象嗎？

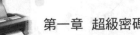

「蘭登將軍？」戴志強等了半天，沒見蘭登說話，開口問道：「你剛才不是要問我問題嗎？」

「哦，對！」蘭登回過神來，「是這樣，我們對這款防火牆在操作上還有些不熟悉的地方。比如說，防火牆遭到攻擊之後，會鎖死三十分鐘，你要知道，三十分鐘不能操作電腦，這對我們來說，是件非常恐怖的事！」

「三十分鐘？」戴志強像是聽到了一件極為可笑的事，笑著擺手，「怎麼會被鎖死三十分鐘呢？不可能！如果真是這樣的話，那還有誰敢裝配這樣的防火牆？」

蘭登愕然，如果沒有這回事，那自己的這套系統又是怎麼回事，明明是被鎖死了啊，難道還是靈異事件不成嗎？他趕緊問戴志強，「你是說根本沒有鎖死三十分鐘這回事？」

「是啊！」戴志強點頭，「你想，如果檢測到被攻擊了，那防火牆就會將其遮罩，或者拒絕其連結，怎麼會發生三十分鐘鎖死的事情呢？呵呵！」

「真的沒有？」蘭登還是不敢相信，再次求證。

戴志強點頭，不過隨後眉頭一皺，「你這麼一問，我倒是想起來了，還有一種可能會導致系統鎖死三十分鐘！」

「什麼情況？」蘭登趕緊問道。

「這個防火牆在默認設置狀態下，是支援一些遠端的操作和維護的，如果向防火牆發起這種請求，在收不到正確回應的時候，防火牆會判斷這是網管不在場的情況下遭到了非法入侵者的侵入，會將系統鎖死三十分鐘，以保證系統的安全，等待網管出現。如果三十分鐘後網管不出現的話，會再鎖死三十分鐘，直到網管出現；此外，它也會報警，提示網管趕緊到場！」戴志強又捏了捏下巴，「不過，即便是在這種情況下，只要網管及時出現，輸入超級密碼，鎖死的狀態就會取消掉，不會鎖死三十分鐘啊！」

「超級密碼？」蘭登大驚，「什麼超級密碼？」

「防火牆安裝的時候你們應該設置過超級密碼啊！如果不設置的話，防火牆會製造一個隨機的複雜密碼，然後加密保存起來，而且不怕被人破解，因為這個加密密碼只有用這個防火牆本身自帶的密碼讀取器才能讀出來，軟盟為每一款防火牆設計的讀取器都是不同的，絕對安全！」戴志強說。

「媽的，上當了！」蘭登忍不住罵出聲來，什麼刺穿防火牆的工具，根本就是軟盟用作遠端維護的工具罷了。軟盟這是在戲耍自己，還做出一連串假象，讓他以為是自己人運行了那個所謂的攻擊工具，這才會攻擊了自己的關鍵網路，造成系統鎖死。如果自己一直這麼認為的話，非但解除不了這種鎖死狀態，還會一直被鎖死下去，直到這個國家完全混亂為止，可憐那個愚蠢的理查此時還在自責呢！

戴志強沒想到蘭登會罵人，便有些不悅，「蘭登將軍！你這是……」

「對不起，戴先生！」蘭登意識到自己的失態，「我不是說你！我有點事，先離開一會兒，你先忙，你的酬勞，我們這就給你匯過去！失陪了！」

蘭登說完，就匆匆出去了。

戴志強看著蘭登匆匆忙忙離去，聳聳肩，道了聲「莫名其妙」，正好此時那通信兵把他的硬碟帶了過來，他便拿起工具忙了起來。

蘭登把命令傳達下去之後，不過兩分鐘的時間，所有關鍵部門的網路便恢復了正常。蘭登此時才鬆了口氣，轉身進了負責人的辦公室，向他報告這件事。

「什麼？」負責人也是大吃一驚，非常意外，「那是軟盟用作遠端維護的連結工具？」

「是！」蘭登點頭，「按照OTE負責人所說的，我們現在已經恢復了所有關鍵網路的系統，鎖定狀態已經解除！」

負責人一巴掌拍在桌子上，「豈有此理！軟盟竟然敢如此戲耍我們，這絕不能饒恕！」

「不過，我們想透過OTE來對付軟盟，怕是不妥，因為OTE和軟盟是合作夥伴，OTE採用的也是軟盟的策略級引擎！」蘭登看著負責人，

「我覺得這事還是息事寧人為好，除非我們放棄裝備軟盟的策略級產品！」

「你要我也像F・SK那幫廢物一樣向軟盟妥協嗎？」負責人盯著蘭登，

「不可能，我是不會向一個小小的軟盟認輸的！」

「將軍！」蘭登看著負責人，「請恕我直言，這有些不太現實，軟盟現在牽動了很多超級企業的利益，只要我們向軟盟下手，就算軟盟不說話，那些企業也會透過各種各樣的管道來影響我們，千方百計阻礙我們的行動！」

「啪！」負責人又是一掌，把桌子擂得價響，「這事你不用管了，我會向國防部進言，讓他們考慮放棄裝配策略級防火牆的打算！」

「將軍！」蘭登還想再勸幾句。

「你不用再說了！」負責人站起身來，「你通知下去，讓所有關鍵部門

的網路派人二十四小時值守，就說很有可能會遭到駭客攻擊！」

「……」蘭登無奈地一敬禮，「是，將軍！」轉身走了出去。

此時的劉嘯正陪著張小花在逛街，準確地說，是張小花在陪他逛街，因為劉嘯突然決定買電腦了。

上次監聽事件後，他便不在自己家裏使用電腦，這次被綁之後，劉嘯明白，即便是自己不用電腦，那方國坤也能知道自己的一切事情，這和自己用不用電腦沒有任何關係，只要想監控自己，是有很多其他途徑的。也幸虧方國坤消息靈通，否則自己現在能否平安歸來，還真是難說啊。

此外，就是踏雪無痕，這次踏雪無痕能事先知道有人要對自己下手，還知道策劃人是誰，這讓劉嘯非常不解，他得和踏雪無痕好好談一談，問問他到底是怎麼回事。再說，這樣單線聯繫實在是不方便，劉嘯可不想自己再被綁一次了。

劉嘯挑中了好幾款電腦，但都被張小花否決了，說是太醜，結果一圈轉下來，劉嘯的電腦沒買到，張小花倒是買了不少的電腦小配件。

劉嘯正無奈時，電話響了，是商越打來的。

「商越，什麼事？」

「有消息了，是F國！」商越一頓，「一個小時前，我們接到了他們的售後要求，我們故意拒絕，又試了一次，還是F國！」

「好，我知道了！」劉嘯點了點頭。

「那我去好好教訓教訓他們吧？」商越問，她很想出把力替劉嘯報仇。

「先不忙動手，看看他們那邊的反應再說！」劉嘯說，「遲早的事，不著急！」

商越恨恨道：「好，那就先便宜他們幾天吧！」

掛了電話，張小花問道：「商越找你什麼事？」

「沒事，說公司裏發現了幾隻蟑螂，咬壞了幾條網線，叫我順便帶點殺蟲劑回去！」劉嘯笑說。

「鬼才信！」張小花白了劉嘯一眼，「這種小事還得向總監彙報嗎？」說完，就朝劉嘯胳膊掐了過去。

劉嘯「哎呦哎呦」叫著，「輕點輕點！我真倒楣，每次撒謊都沒能得逞！」

張小花很得意地說：「也不看看我的智商是多少！」

劉嘯最後買了兩台電腦，一台筆電，一台桌上型的，回到家裏，擺放的位置也和之前一模一樣。

張小花很俐落地接好網線，然後對著站在一邊不知道想什麼的劉嘯喊道：「快啊，你還磨蹭什麼，仇人就在眼前！」

劉嘯大汗，這張小花還真是上心，於是道：「不急，不急，你讓我好好想想，想一個能讓對方痛到心裏的法子來，反正他們是跑不了的，不急，遲早的事！」

「那你先把那一拳還回去再說嘛！」張小花一把將劉嘯按在了電腦前，「快，你真是急死我了！」

「好好好！」劉嘯無奈，只得坐到電腦前，打開一個信箱，給自己發了一封信，信的內容很簡單，只有幾個字：「若要人不知，除非己莫為！」等發送成功，劉嘯站了起來，道：「好了！」

「這就完了？」張小花眼珠子都快掉下來，「這就是你還回去的那一拳？」

「是啊！」劉嘯點頭，「難道你還要我真把對方也綁架了嗎？」

「切……，你真沒用啊！」張小花白了劉嘯一眼，將他一把拽開，「說吧，對方是誰，我來替你報仇，好歹我也學過幾天駭客！」

「駭你個頭！」劉嘯敲了張小花一個爆栗，「你省省吧！我是什麼人？有仇報仇，有恩報恩，我從來分得清！放心吧，對方一個都跑不掉，遲早收拾了他們，你這麼急匆匆去報仇，只會是『壯志未酬身先死，長使英雄淚滿襟』啊！說不定還會沾上一身腥呢！」

張小花狂抓著腦袋，「煩死了煩死了！算了，我不管了，要是你不把他們收拾了，我就把你收拾了！」

「你要是實在閒的話，就幫我辦一件事好了！」劉嘯笑道。

「就知道支使我！」張小花撇著嘴，「說吧，什麼事！」

「我不準備住在這裏了！」劉嘯環視了一下屋內的一切，「我想自己買一間，你幫我選套房子吧！」

「好好好！」張小花連連點頭，辦這事她很有興趣，一臉得意之色，「放心吧，我的眼光絕對毒，也不看咱家裏是幹什麼的。」

「普通的就可以！」劉嘯趕緊叮囑。劉嘯想起了熊老闆，他那麼大的身價，住的也是普通的社區，自己也應該這樣，低調點不會錯！

「好，知道了！」張小花一點頭，就跑去把另一台電腦也打開了，「我先查查，看最近有什麼好的樓盤，明天我親自去看看。」

劉嘯無奈地搖著頭，又換了個信箱，看看有沒有什麼新的消息，然後又把好久沒有登錄的ＱＱ登上去，看沒有什麼人在，便給踏雪無痕發了個消息，「師父，我又買了新電腦，以後還是網路聯繫吧！」

等了十來分鐘，不見消息回來，劉嘯就關了電腦，把張小花從電腦前拽起，「走吧，先吃飯去，買房的事不著急！」

第二天一大早，張小花就出去看房子去了，劉嘯好不容易沒了跟班，趕緊到公司召開會議。

「第一件事，就是關於新員工的招聘，上次已經討論過了，只要在電腦領域有才華的，我們就收，以後我們可能不僅僅做安全技術，還會做資訊分析處理、工業軟體發展、甚至是硬體設計。公司在市中心的天晶大廈租了一層辦公室，新來的員工就到那邊去辦公！」

「不是吧！」業務主管一下坐直了，「天晶大廈？那可是市裏最時髦的辦公大廈了！劉總，你這可不厚道啊，新員工用好的辦公室，老員工不挪窩，我怕大家有意見！」

「呵呵！」劉嘯笑說：「等我說完第二件事，大家肯定就沒意見了。第二件事，財務部的股權激勵方案我已經看過了，很好，就這麼執行吧，公司現有的員工都可以分到一部分股權，總數是公司總股權的十分之一，還有百分之六的股權作為激勵，給貢獻大的員工。以後公司每個季度都會進行分紅！」

劉嘯宣布，現在軟盟手裏累積了大量的流動資金，這可不是什麼好事，所以他決定發展多元化業務，也照顧到員工。

「第三件事！」劉嘯從面前的文件夾裏拿出一份圖紙，打開後，面朝所有的部門主管，「這是熊老闆請國內最好的設計師幫我們設計的新的辦公大樓，大家傳閱，如果沒什麼意見，就照這個設計了。」

軟盟的這座大樓並不高，只有九層，卻深諳「中正、和平、對稱」之道，所以外表看起來雖然是低調了一點，但周圍的數座超高層大廈絲毫無法掩住她的魅力。

幾位主管對這個設計非常滿意，就拍了板，決定按照這個設計！

財務主管看著設計圖，舌頭咂了好幾下，「劉總，這棟大樓什麼時候能建成啊？」

「應該很快吧，一年之內肯定建成！」劉嘯笑說，「放心吧，我敢保證，在座的諸位一定都能進到這大廈裏辦公！」

「那我得到工地上去做監工，親眼看著這大樓蓋起來！」業務主管高興地說。

「好了，會就開到這裏！」劉嘯最後說，「近期沒有什麼大的計畫，還是以前的那幾個項目，抓緊就行了。對了，人事部回頭就拿個招聘方案出來，在網站上進行公告！」

「好！」

在座的人都點頭應著，然後站起來準備離開，只有商越沒有動。

「商越，你還有事？」劉嘯問。

「有一點，我想單獨和你說！」商越點了點頭。

其他的人一聽沒自己的事，就散了。

「Ｆ國的事，你準備怎麼辦？」商越看著劉嘯，「我幫你弄了幾個方案，要不一會兒給你看看？」

「這事啊！」劉嘯說：「這事不急，咱們昨天弄了那一手，估計他們已經知道咱們是什麼意思了，看看再說吧！」

「我覺得應該再狠一點，否則以後你出門大家都跟著擔心呢！」商越站了起來，「你要是不幹，那我自己去幹，我這次絕對要讓他們後悔到死！」

「別急別急！」劉嘯趕緊把商越按住，「我知道大家都關心我的安危，放心吧，方先生已經跟我通過電話了，F國在國內的情報網絡全盤覆沒，現在海關也加強了入境的檢查，他們的人一時半會兒進不來！」

「砰砰！」此時傳來敲門聲，前台接待美眉推門進來，「劉總，剛才市府打電話來，讓你過去一趟，說市長有事和你談！」

「好，我知道了！」劉嘯應道，回頭看著商越，「好了，別生氣了，我知道你是為我打抱不平，到時候，咱們再老帳新帳一起算，絕不會便宜他們的。我先去市政府一趟，這事回頭再說！」

劉嘯拍拍商越的肩膀，收拾了一下東西，順便帶上那張新大樓的設計圖，出了會議室，奔市政府去了。

來到市長辦公室門口，劉嘯敲了敲門，然後推門進去，「馮市長，你找我？」

「對對對！你可來了！」馮市長見是劉嘯，立刻放下手裏的文件，從辦公桌後面走了出來，「來，快坐吧！」

劉嘯往沙發一坐，「剛好我也有事找市長您呢！」

「還是我先說吧！」馮市長很著急，「是這樣，市裏的網路又出大問題了！」

「什麼問題？」劉嘯有點意外，怎麼又出問題了呢。

「今天凌晨的時候，市裏的局部網路遭到了嚴重攻擊，好在是凌晨，沒有對城市的正常秩序造成什麼影響，網路專家們隨後成功擊退了對方的攻擊！」馮市長嘆了口氣，心裏很鬱悶，這海城到底得罪誰了，老跟海城的網路過不去。

劉嘯「哦」了一聲，「沒有什麼損失就好！」

「損失還不小呢！」馮市長拍著大腿，「攻擊者攻入網路之後，就大肆破壞，我們好多很重要的檔案都被破壞了，恢復起來十分麻煩，好在沒破壞機密檔案！」

「破壞？」什麼人這麼閒，費力氣進來政府的網路就為搞破壞?!

「市裏得感謝你啊！」馮市長說，「幸虧有你們的那套防火牆產品，市裏的很多關鍵網路都已經裝配上了，所以攻擊者沒有得逞，估計正是由於這樣，他們才把氣撒到了其他次要網路上，大肆破壞！」

劉嘯點了點頭，但心裏卻不太認同市長的判斷，駭客攻擊第一要素就是隱蔽，能進則進，不能進就退，但絕不會幹這種事，他們不會給人留下把柄和線索的，這很明顯是故意的，應該是什麼人在向海城示威的吧。

市長沒注意到劉嘯的表情變化，接著說道：

「因為市裏網路事件頻頻發生，而你們的產品也確實經得起考驗，所以市委一致討論通過，第一，向你們軟盟追加訂單，把市裏的所有網路全部裝配上你們的產品；第二，市裏原則上同意和你們軟盟進行那個安全體系的研究合作，但你們必須要拿出一個具體的執行方案，而且絕不能影響到市府網路的正常運轉！」

「啊！」劉嘯有點意外，這事他盼了很久，以為沒希望了呢，現在突然機會來了，倒讓自己有些措手不及。

劉嘯回過神來，趕緊道：「謝謝馮市長，謝謝市裏對我們的信任，你放心，我們軟盟絕不會讓市裏失望！」

「唔，那就好！」馮市長點頭，「另外，市裏還希望你們能先搞出一個安全方案來，至少要保證市府網路不再出現這樣的問題了！」市長一臉無奈道。

「這個不難，等裝上我們的產品後，我們派專人過來，根據市裏不同部門的需求，按照最高標準進行策略設置，一般的駭客就拿市裏的網路沒有辦法了！」劉嘯心想：這恐怕才是馮市長今天找自己來的最要緊的事吧！

「那就好，那就好！」馮市長笑了起來，「市裏的網路安全就交給你們了！噢，對了，你剛才說找我有事？」

「是！」劉嘯趕緊從公事包裏掏出設計圖，「這是軟盟新大廈的設計圖，裏面有具體的設計參數！」

市長打開一看，道：「很好，這樣簡約而大氣的建築，我很喜歡！好，我一會兒就讓人送到規劃局和城建局，讓他們看看，爭取最短時間內給你們找到一塊合適的建地！」

「那就勞煩市長費心了，我代表公司感謝你對我們的支持！」劉嘯客氣地說。

「這有什麼好謝的，我不是早就說過了嘛，我們市府就是為所有的海城人民服務的，這是我們份內的事！」馮市長笑說，「來，我正想跟你聊聊咱們海城新的經濟政策，你給提提意見！」

「好，我也正要學習一下市裏的政策！」

劉嘯知道自己一時走不了了，突然手機響了，是業務部主管打過來的。

「什麼事啊？」劉嘯接起來問道。

「劉總，F‧SK的約翰來了！」

「有沒有說是什麼事？」劉嘯問。

「好像是說有一個大客戶要退訂，他過來找你商量！」

「好，我知道了！」劉嘯說完掛了電話，然後看著市長，笑道：「今天怕是學習不成了，公司出了點事，等我回去處理呢！」

「沒事，公司的事要緊！」馮市長也不留劉嘯，「回頭我會讓人把經濟政策的草案給你送一份過去，有什麼想法的話，就直接向我反映。噢，還有，市裏訂單的事，你們要抓緊處理！」

「一定，這您放心！」劉嘯跟市長道別，然後離開了市府。他此時已經隱約有些猜到退訂的客戶是誰了，只是沒想到速度會這麼快。

第二章　致命漏洞

「我認為我們應該儘量看淡此事的性質，不要老把什麼恥辱和報復掛在嘴邊，而是應該去做一些實實在在的事！」

負責人抬手示意蘭登說下去。

「我仔細總結了這次事件的過程，從中發現了一個策略級防火牆的致命漏洞！」

劉嘯回到公司，就看見約翰等在小會議室，臉上有一絲焦急。

「劉總，你可算是回來了！」約翰看到劉嘯，就趕緊站了起來。

「不好意思，讓約翰先生久等了，我剛才出去辦點事！」劉嘯抬手示意約翰坐下說話，「坐吧！」

「我就是再多等會也沒關係，可是今天的事有點特殊，我不得不來找劉總商量。」約翰看著劉嘯，「F國今早發過消息來，說要退掉之前從我們這裏訂的貨，後續的貨也不必再供應！」

劉嘯「哦」了一聲，果然就是這個F國，他們退掉策略級防火牆，是怕再讓軟盟給陰了呢，還是做好準備，要和軟盟大幹一場呢？

劉嘯皺眉，有點拿不準，這也是他遲遲不肯有下一步動作的原因，「沒事，他們要退，讓他們退就是了！」

約翰一聽急了，這話明顯是站著說話不腰疼，F國退貨，軟盟沒什麼損失，自然是退不退無所謂，但F・SK可不行，F・SK花了那麼多錢從軟盟手裏買下這個市場不算，每訂一件產品，還得要向軟盟支付代工費和成本費，目前手上的這些訂單還遠遠無法回本呢，要是再遇上幾個退訂的，這F・SK的損失就大了。

「劉總，說句可能讓你不高興的話，我們覺得F國此次退訂，很大程度上是因為軟盟的售後服務不積極，我們現在是合作夥伴，我希望軟盟能夠多為自己合作夥伴的利益著想！」

「除了F國，還有別家退訂嗎？」劉嘯問。

約翰搖頭，「目前就這一家！」

他心裏對劉嘯這話極度不滿，意思是有這一家還不夠似的，這一家就讓F・SK很頭疼了，現在就怕以後要是在F國開發私人和企業訂單，F國政府可能會通過一些政策來阻擾。

可劉嘯並不這麼認為，聳了聳肩，攤手道：「那不剛好嗎？不用出他們的訂單，你們就會有更多的產品提供給其他客戶，你們不是一直在趕著生產嗎？」

「劉先生，這不是一回事！」約翰蹭地站了起來，劉嘯的態度徹底激怒了他，他站起來瞪了劉嘯幾秒鐘，又像是洩了氣的皮球一樣蔫巴了下來，因為他意識到，現在劉嘯是萬萬得罪不起的啊！

如果從頭到尾只有F國一家退訂，那劉嘯的判斷就是正確的，他說這話也沒錯，可自己要是跟劉嘯發了火，那簡直就是得罪了十個F國，只要劉嘯這邊勒勒繩子，自己就拿不到產品，那些客戶就得鬧翻天，他要是再不高興，售後也不做了，那倒楣的只能是F・SK。F・SK貪圖巨額利益，一口咬住一個大核桃，現在可好，咽不下去，也吐不回去，更是咬不碎，只能由著軟盟來擺佈了。

「我知道你想說什麼！」劉嘯倒是沒有生氣，「不過我要說的是，F國的事有些特殊，他們退訂是遲早的事，就算我們去給他們做了售後服務，他們也會退訂的。不過你放心，他們遲早會為自己的這個決定後悔的！」

「呃……」約翰不解，劉嘯這是話裏有話啊。

「等之後他們再來找你們訂貨的時候，我希望你們能開出兩倍、三倍甚至更高的價格來！」劉嘯看著約翰，「軟盟的策略級產品，從上市到現在，從來沒有因為產品本身的性能而被退訂，那些因為其他原因故意退訂，想借機打擊軟盟的人，最後全都嘗到了失敗和後悔的滋味。對於這點，我還是有信心的，約翰先生，你怎麼認為？」

「啊……」約翰一窘，不知道該說什麼，劉嘯這話明顯是針對自己說的，之前F・SK聯合其他幾個超級企業故意訂了又退，想打擊軟盟，最後卻都搶著去當人家的代理，還生怕晚一步錢送不到軟盟手裏。不過約翰到底是老江湖了，他從劉嘯話裏大概估摸出個原因來，難不成這次F國退訂的目的也跟之前F．SK一樣？

約翰就有些琢磨不透了，現在策略級產品已經成為新的安全標準平台，這是趨勢，已經無人可以撼動了，F國莫名其妙搞出這一招，到底是要幹什麼呢？是他們造出了比策略級更好的產品呢，還是準備螳臂擋車，阻礙這種趨勢的發展呢？還有一點最重要的，為什麼劉嘯早就知道F國會退訂呢？

「劉先生！」約翰咳了兩聲，看著劉嘯，「這裏面是不是有什麼誤會存在？我們總部其實和F國一直保持著良好的關係，我個人也和他們的幾位參議員關係不錯，你看是不是需要我去瞭解斡旋一下？」

約翰拿話試探著劉嘯，他得知道到底是為什麼。

「不用了！」劉嘯擺了擺手，「F國的退訂告訴我們，這件事情沒有斡旋的餘地！只是他們搞錯了，同不同意斡旋，那得是我說了才算的！呵呵！」

約翰「哦」了一聲，這他就明白了，話已經很明顯了，這肯定是F國暗地裏對軟盟搞了什麼動作，結果被人家發現了，索性就撕破了臉，提前發飆。事情肯定就是這樣。

想了半天，約翰突然「啊」一聲叫了出來，他終於想起來了，劉嘯前幾天被人綁架，封明市府說那是普通的勒索綁架，可劉嘯剛被救回來，就出了這事，如果說封明市府說了謊，這兩件事就完全可以聯繫到一起了。

約翰一臉吃驚，F國的膽子太大了，竟敢對劉嘯這樣一位公眾人物下手！

「劉先生！」約翰站了起來，「既然這件事情有點特殊，那也只有這樣了，我這就安排人去接收他們退回來的產品，然後再調往其他的國家和地區！」

「好！」劉嘯也站了起來，「多謝你的理解！我很早以前就說過了，軟盟不會虧待自己的任何一個合作夥伴，你放心，F國遲早會認識到他們的錯誤！」

約翰很鬱悶，軟盟不虧待自己的合作夥伴，這點他是還沒見到，因為F．SK也只是剛做了軟盟的合作夥伴而已，但軟盟對自己的敵人毫不手軟，這個自己倒是深有體會的。

約翰不好說什麼，只好轉移話題，「有一件事還得麻煩劉先生費心，我希望軟盟的產品能夠優先考慮歐洲市場的供給，畢竟我們的訂單數量大，如果按照現在的分配比例，這對我們有點不公平，我們的客戶也催得厲害！」

「唔，約翰先生的這個意見非常好！」劉嘯笑說，「以前的分配比例只是暫定的，既然約翰先生提出來有不合理的地方，那我們肯定虛心接受，從今天起，我們就按照各個市場訂單數量的大小來重新劃分供貨比例。約翰先生，你對此可滿意？」

「滿意滿意！」約翰連連點頭，「謝謝劉先生對我們F・SK的支持！」約翰說完一伸手，「那我就不打擾你，先告辭了！」

「那我就不送了！」劉嘯陪約翰走出會議室，就看見商越正朝會議室這邊走來，好像是有事！

「好的，你忙！」約翰告辭，便朝公司門口走去。

「有事？」劉嘯回頭看著商越。

「進去說！」商越把劉嘯推進會議室，然後道：「我剛剛收到一個消息，有人在暗中放出花紅，聲稱只要有人能攻破咱們的策略級防火牆，一旦得到證實，立刻重獎百萬美金！」

「一百萬？」劉嘯搖了搖頭，「他們可真小氣啊！」

「這肯定是F國幹的，一百萬雖說數目不大，但要把安全標靶移到我們的產品上，卻也足夠了！」商越恨恨地咬牙，「我早說要讓他們知道點厲害吧，否則他們也不敢這麼做！」

「呵呵！」劉嘯笑著拍了拍商越肩頭，「別急，這事好辦，你去找業務部主管，讓他發佈一個公告，就說我們軟盟懸賞一千萬美金，全球徵集產品的漏洞！動靜鬧得越人越好，管他是白帽子還是黑帽子，最好能讓全世界的駭客都把注意力集中過來才好！」

「一千萬？」商越看著劉嘯，「你瘋了啊?!萬一有人找出很多漏洞來，我們還真給啊?!按我說，咱們就給他們點顏色看看，否則他們是不會老實的！」

「呵呵，如果真有人能找出那麼多的漏洞，我倒是心甘情願把錢給他！」劉嘯笑道，「先禮後兵嘛！」

商越沒說話，瞪了一眼劉嘯，轉身便往外走。

「你別急啊！」劉嘯趕緊追去，「你幹啥去？」

商越站住腳，回頭看著劉嘯，沒好氣地道：「我去找業務主管，先禮後兵去！」說完，就逕自朝業務部去了！

劉嘯無奈搖頭，一臉苦笑，他何嘗不想快意恩仇，可是沒辦法啊，自己肩上還扛著一個軟盟呢，所以如果不是有萬全的把握，不是有一擊致命的機會，他是不會輕易出手的，只要一出手，他就必須達到目的！

和劉嘯一個原則的，便是蘭登，他此時也在反對著負責人的方案。

「一個駭客要對付我們，都會下一番心思來設計方案，可我們這麼龐大的一個機構，卻拿出這種不經大腦的方案！我很失望，靠這些方案就想贏一個超級駭客，簡直就是癡人說夢，我們的招數甚至還不如之前的F・SK呢！」

理查尷尬地站起來，「你對我的方案有意見，你可以提出來，沒必要這麼氣急敗壞嘛。如果你能拿出更好的方案，那就說出來，我們沒理由不採納！」

「你暗中放出花紅，讓人去找軟盟策略級防火牆的漏洞，你到底有沒有腦子？」蘭登的級別比理查高，說話也就很不客氣了，「你發出這個花紅是什麼意思？你是在向誰叫板？向所有採購策略級產品的政府嗎？」

理查立時語癟，自己還真沒想到這點，現在蘭登一提，他背上的冷汗就出來了。

蘭登恨不得去踹理查幾腳，「我們情報部的臉都讓你給丟光了！現在不知道有多少國家的網安部門和情報部門開始盯著這事，如果要讓他們查到是我們放的消息，那我們怎麼解釋？」

理查被說的無地自容，這下簍子可捅大了。

「還有，」蘭登可沒打算放過理查，「你讓國防部的資訊作戰部隊攻擊海城的市府網路，你的目的是什麼？」

理查緊張地看了看負責人，然後道：「軟盟在海城，我這麼做，是想告訴軟盟，我們是有還擊能力的，讓他們不管做什麼事，都得考慮一下後果有多嚴重！」

「他們考慮個屁！你以為海城是他們家開的啊，還是軟盟是海城市政府開的？」蘭登氣不打一處來，「他們之間根本就劃不上等號，你要警告軟盟，那就去攻擊軟盟，攻擊海城市政府算怎麼回事？就算你殺雞給猴看，也得看對象啊！軟盟是幹什麼的，他們是做網路安全的，你看看最近網路安全上的那些大事，哪一樁哪一件他軟盟沒有摻上一腳？他們這些做安全的，心裏巴不得網路大亂，這樣他們才能趁機發財，他們在本質上和軍火商根本沒有區別！再者說，你有攻破策略級防火牆的辦法嗎？你攻擊那些普通網路越狠，就越說明策略級防火牆是多麼地安全，你竟然會愚蠢到去幫軟盟辦這麼一件稱心如意的好事！」

「在這件事上，我有責任！」理查也是被蘭登給逼急了，道：「但我們的情報部門遭到攻擊，我必須做出一個快速的反應，要讓對手知道，我們不是無能的！」

蘭登氣哼哼坐下去，喘了幾口氣，才算是把心情平復了下來，「中國有句話，『戰略上要藐視敵人，戰術上要重視敵人』，我認為我們應該儘量看淡此事的性質，不要老把什麼恥辱和報復掛在嘴邊，而是應該去做一些實實在在的事！」

「你具體說說！」負責人抬手示意蘭登繼續說下去。

「我仔細總結了這次事件的過程，從中發現了一個策略級防火牆的致命漏洞！」蘭登看著所有人，「那就是規則！」

「規則？」所有人都納悶，什麼規則?!

「他們能輕而易舉鎖死我們的系統，正是利用我們對於防火牆設置規則的不熟悉！」蘭登往桌子上拍了一份厚厚的檔案，「這就是防火牆的設置說明書，它的厚度，就已經說明了問題，這款防火牆的設置極其複雜，網路管理員可以利用這些設置上的規則，製造出千變萬化的防禦策略，以適應各種不同網情的需求。軟盟的報復也告訴我們，這款產品很難從技術角度找出漏洞，唯一可以利用的，就是規則了。我建議我們立刻成立一個小組，專門負責研究這款防火牆的設置規則，每一個設置規則，我們都要考慮到它可能會造成的結果，但凡我們能找到一處漏洞，不光對付軟盟綽綽有餘，同時也讓我們掌握到他國網路安全漏洞的死穴，這才是應該做的事，我們是情報部門，我們的著眼點，不應該只放在軟盟一個公司上！」

「有道理！」所有的人都點頭附和，蘭登的這個思路是正確的。

「很好！」負責人點了點頭，「蘭登將軍，這件事由你親自負責，報復軟盟的事暫時終止，我們要做到一擊致命！」

「是！將軍！」蘭登站起來敬禮。

負責人擺擺手，「我們繼續下一個討論議題！」

「報告！」此時門外傳來報告聲，進來一位通信兵，走到蘭登跟前，遞過去一份文件，轉身又出去了。

蘭登一掃文件，就「啪」一拍桌子，眼睛盯著理查，都快冒出火來了，他把那文件往理查跟前一推，沒好氣地道：「你好好看看吧，看看怎麼收拾這個爛攤子！」

理查一看，也傻了，站在那裏半天沒說話。

「什麼事？」負責人很不爽，自己還不知道是怎麼回事呢！

「網上有人放出風聲來，說暗中賞出花紅的，就是我們情報部，我估計媒體的炮彈很快就要炸到這裏來了！這是軟盟幹的已經是毋庸置疑了，而且他們還正式向全球發出懸賞，凡是找到策略級防火牆一處漏洞的，賞一千萬美金！」蘭登有些鬱悶。

「理查！」負責人看著理查，「一會兒媒體的人來，就由你負責，該怎麼做，你應該清楚！」

「是！將軍！」理查暗道倒楣，自己這次是完全栽了，沒想到軟盟的人會這麼厲害。

負責人一擺手，準備繼續主持會議。

誰知他一句話還沒說完，「報告」聲再次響起，進來一個通信兵，報告說：「F・SK來人了，說接受退訂，現在要拿走我們的那幾台策略級防火牆，請將軍簽字！」

「哦！」理查放下心來，原來是這事啊，他接過通信兵手裏的文件，從口袋裏掏出筆，就要簽字。

「不能簽！」

蘭登一聲大喝，嚇得理查差點把筆都掉了，詫異地看著蘭登，這又是怎麼了，難道自己簽個字都不行了嗎？理查實在是忍不住了，蹭一下站起來就要發飆。

「我們就這幾台設備，讓他們拉走，我們拿什麼研究?!」蘭登說道。

理查一時杵在那裏，是啊，自己把軟盟的產品都退了，那還研究個屁，研究空氣吧就！

F‧SK的人在情報部的樓下等了半天，不見答覆，就有些著急，他們收到公司總部的命令，要他們今天務必把F國之前訂購的所有產品都搬回去。他們也很納悶，不知道總部這次是怎麼了，哪來這麼大的火氣。

「中尉！」F‧SK的負責人有點等不及了，「麻煩你再幫我問一下，我們的設備到底什麼時候才能搬走？」

樓下門口負責警衛的中尉一臉嚴肅，「請耐心等待，會有答覆的！」

「靠！」F‧SK的人恨恨低聲咒罵，都等了一個多小時了，半天還沒出來。

F・SK的人正在鬱悶呢，回頭就看見一大堆人呼啦啦湧了過來，而且還都帶著設備，攝影機、照相機，這些人走到那兩個中尉跟前，齊刷刷掏出證件來，「這是證件，我們要採訪你們這裏的負責人！」

中尉這下不能敷衍了，道：「請稍後，我請示一下！」說完，他打開無線對講機，詢問上面的意見。十來秒後，他關掉對講機，道：「好，要做採訪的記者，請跟我到新聞中心來！」

中尉掏出一個磁卡，在身後的電梯門口一刷，電梯門隨即打開，「請！」記者們拿好設備，就朝電梯擠了過去。

F・SK的人看別人都進去了，便一咬牙，也混入記者的隊伍中，去看看也好。

眾人在中尉的帶領下，到了一間大會議室，各自找了位子坐下。

會議室側面的小門走出一位少將，走上前面的發言台。

「各位媒體朋友，我是理查少將，今天由我負責解答各位的提問，請！」

下面嘩啦啦全舉起了手，只有F・SK的人沒動靜。

理查隨意指了一人，那記者便問道：

「我是Z國《自由報》的記者，我們剛剛收到消息，說貴部門在駭客圈裏放出花紅，懸賞一百萬美金尋找策略級防火牆的漏洞，請問有沒有這麼一回事？貴部門的目的何在？」

「絕無此事！」理查當即否認，「我們從未做過這樣的事，你們收到的消息是謠傳！好，下一位！」

理查拿手一指，又指了下一位記者。

「昨天幾個部門同時出現網路故障，請問這是怎麼一回事？」

理查眉頭一皺，心裏暗自納悶，這幫記者的消息可真靈通，要是情報部有這種效率，也不至於處處被動啊。

「這個問題我想你是問錯了對象，你應該去問國家電腦安全中心，他們負責全國關鍵網路的運行狀況。」

「那麼請問情報部門的網路，是否出現了故障？」記者反問。

「從來沒有！我們的網路一直運行正常！」理查說道。

此時，第三位記者站了起來：

「我們得到消息，政府之前採購了一批策略級防火牆，可昨天情報部部長建議國防部退掉這批產品，這個建議隨即得到了國防部的應准。請問這是怎麼回事，是否和昨天的網路故障有關？」

理查一怔，這記者是在給自己下套啊，好在自己反應了過來。

「我說過了，情報部門的網路從未出現過故障，至於你說的退掉策略級產品一事，我不清楚你是從哪裡得到的消息，不過我本人從來沒聽說過有這回事！下一位！」

理查大手一指，指到了F‧SK那裏。

F‧SK的人有些意外，拿手指著自己，有些不確認，沒想到自己這個湊熱鬧的還被點名了。

理查點頭，「就是你，請！」他早就注意到這個人了，這個人一直都沒有舉手，也沒別的記者那麼躁動，他就喜歡這樣的記者，估計不會給自己什麼難堪。

F‧SK的人只好站起來，撓了撓頭，道：

「對不起，我不是記者，我是Dorice企業的工程師，我來是想找個能管事的人，問問我什麼時候才能把你們退訂的策略級產品拿走，我已經等了將近兩個小時了。一位中尉告訴我，說是需要理查將軍簽字，不知道你們這裏有幾個理查將軍？」

理查差點吐血，沒想到這個看起來最老實的傢伙，其實是最不老實的，問的問題簡直是要自己的命啊。

在場的媒體記者全都譁然，這個理查剛才還說自己根本不知道有退訂這回事，誰知人家搬退訂產品的人都來了，這傢伙居然還敢睜眼說瞎話，這下看他怎麼圓謊。

理查此時恨不得把F‧SK的人活活吃了，他恨恨地剜了一眼對方，然後道：「本次記者會就到這裏，如果有什麼進展或者變動，我們會及時告知你們的，謝謝！」

理查說完，拂袖而去。

那些記者便把F‧SK的人圍在中間，紛紛問著怎麼回事，F‧SK的人沒敢說別的，只把退訂的事說了。

半個小時後，F‧SK的人終於得償所願，把設備拉走了。

張小花費了兩天的時間，終於幫劉嘯挑中了一套房子，張小花又開始忙著張羅裝修，劉嘯也只好由她去了。

晚上吃完飯，回到家，劉嘯按照慣例去收發郵件，登錄ＱＱ。

這次一上線，便收到了踏雪無痕的消息，「你小子怎麼突然又用網路聯繫我了，我以為你不會再用網路聯繫我，好久都沒登錄這個破東西了！」

劉嘯「唰」一下坐直了，給踏雪無痕發去訊息，「我有事要問你，你怎麼知道有人要對付我？你不要再用『天下沒有不透風的牆』這句話來敷衍我，我要知道原因！」

劉嘯在電腦前等了十來分鐘，踏雪無痕卻始終沒有回覆，劉嘯無奈，鬱悶地拍一下桌子，站了起來。

「你怎麼了？」張小花問道，「是不是有什麼事啊？」

「別說話！」劉嘯突然一抬手，示意張小花別問，然後撲向自己的電腦，因為他發現自己電腦的桌面多了一個東西，就是那面小軍旗。

這怎麼可能，自己明明安裝了策略級防火牆軟體，踏雪無痕不可能就這麼悄無聲息地進來啊！

「嗶嗶，嗶嗶！」劉嘯的ＱＱ此時閃了起來，他點開一看，正是踏雪無痕發來的消息，就幾個字：「這就是原因！」

劉嘯當時覺得腦袋一矇，然後栽在了椅子上，怎麼會這樣，自己引以為傲的策略級產品，竟然在踏雪無痕的面前還是那麼不堪一擊。

一直以來，自己就以能夠成功防禦住踏雪無痕的入侵為目標在奮鬥，這個目標要是傳出去的話，恐怕會成為別人的笑柄，誰也想不到軟盟的掌門人呼風喚雨，卻有這麼一個可笑的目標。可就是這個目標，劉嘯奮鬥了好幾年，至今還沒成功，他每進步一點，踏雪無痕就會更厲害一些，他似乎永遠都趕不上他的節奏！

張小花盯著螢幕，又點開劉嘯的聊天記錄，發現竟然聊天記錄是空的，發出去或者看過的東西自動就消失了，「什麼原因啊！」張小花推了推劉嘯，「你發什麼傻呀！」

劉嘯回過神來，拽過鍵盤，給踏雪無痕發去訊息：

「我明白你為什麼能知道那麼多秘密了，但我沒有想到，我花費了那麼多心思建立起來的策略級產品，在師父你面前，還是那麼不堪一擊！」

這次踏雪無痕回覆的很快，「別喪氣，你小子已經很厲害了，我找你策略級的漏洞，花費了一個月的時間，這是我有史以來最費精力的一次了，可惜我剛找出來，你的產品又升級了。其實你今天沒有輸，如果用現有的技術，已經很難再穿透你的策略級防火牆了！」

「那你不是還是進來了嗎？」劉嘯苦笑。

「那是因為我使用的是你根本無法接觸到的一種技術，它完全高於目前的知識架構！」踏雪無痕回覆道，「如果我們都用現有的體系來公平競爭，可能我就輸了！」

劉嘯不解，什麼叫做高於目前的知識架構，就算千變萬化，最後不還得回歸到最基本的通信協議嗎？這是通用的，否則就算你創造出一種新的通信協議，可別的電腦無法識別，那就不能進行通信，你就算想入侵，那也沒辦法啊。

「算了，現在跟你說這個東西還太早！」踏雪無痕的消息又發了過來，「以後有空我再跟你詳細解釋，我有事先忙去了。你最近留意點，F國他們可沒死心呢，他們借來了一批策略級產品，正在研究你們規則設置上的漏洞呢！」

劉嘯還沒來得及回覆，踏雪無痕的頭像就已經黑了。

「他就是你說過的師父踏雪無痕？」張小花的記性真好，劉嘯只說過一次，她便記住了這個名字，「他的技術真有那麼厲害？」

劉嘯嘆了口氣，指著電腦螢幕上的那面小軍旗，「看見沒有？每次在網上聯繫，他都會在我的電腦上插一面軍旗，表示入侵成功，這是我們約好的一種方式。剛開始，我還認為自己有上升的潛力，遲早可以超過他，我希望自己也能把一面軍旗插到他的電腦上！」

劉嘯苦笑著搖了搖頭，「後來我就知道這是一種奢望，是不可能實現的，他的技術根本摸不到底，太高深了！於是我改變了自己的目標，希望能夠成功地防守住他的一次入侵，只要一次就夠了，可惜也沒有實現。你知道為什麼我總是在強調安全？還有，為什麼我的駭客技術是防守強於進攻？我想可能就和我的這個目標有關！」

「唉……」劉嘯嘆了口氣，喃喃道：「這到底是一種什麼技術呢，可以完全高於目前的知識架構，又可以和所有的電腦互聯通信，甚至可以躲過策略級那麼複雜的規則篩選呢？」

劉嘯捏著下巴在屋子裏踱了兩圈，他實在是想不出這是什麼技術，只好嘆氣道：「看來我還得努力了！」

第三章　事有蹊蹺

上校指著旁邊的那台電腦，「看來這事確實有些蹊蹺，如果我沒有猜錯，這是有人故意在栽贓情報部，我現在要馬上趕回總部了！蘭登將軍，請您仔細回憶一下，看看情報部最近是不是得罪了什麼駭客方面的人物？」

F國的國防部最後替情報部擦了屁股，兩天後，他們宣布出於安全考慮，F國所有的關鍵網路，將採用本國一家企業開發的安全產品，這事就算是就此揭過了。

可國防部的這一說法顯然很難讓所有人都接受，國會就有不少人對這種說法提出了質疑，因為現在大部分的國家都採用策略級產品，也沒有人對策略級的安全性提出過質疑，他們不清楚國防部這唱的到底是哪一齣。

國會的好幾位議員，和F・SK私底下的交情很不錯，他們從F・SK那裏瞭解到了事情的原委，雖然他們並不關心劉嘯的死活，但是他們很清楚F・SK的厲害，現在F・SK都說自己拿軟盟沒辦法，情報部也未必就能對付得了軟盟，就怕到時候又是個偷雞不成蝕把米，所以這些人堅決反對，要求國防部拿出一個具有說服力的證據，最好是指出策略級產品的安全缺陷到底在哪裡。

與此同時，軟盟的人才招聘計畫也正式推出，超級優厚的待遇和發展平台，一點都不輸給那些國際知名的企業，軟盟的這份招聘計畫猶如是一顆重磅炸彈，炸得國內業界七葷八素，前來應聘的人絡繹不絕。

F國情報部門的例行會議。

會議快結束的時候，負責人突然想起了軟盟的事，隨口問了一句，「蘭登，策略級產品的事，你研究得怎麼樣了？」

蘭登清了清嗓子，「他們的規則太複雜，我們的人目前還沒有什麼進展，只是把規則先熟悉了一下而已。」

負責人皺了皺眉，這得弄到什麼時候去啊。

「軟盟最近有什麼動靜？」

蘭登搖搖頭，「我們已經通知了各個部門，讓他們最近加強防範，目前還沒有出現過什麼異常的問題！」

蘭登看了看錶，「現在海城已經是晚上了，今天應該可以平安無事了！軟盟最近在忙著招聘人才，進行他們的商業擴張，估計一時半會兒沒有精力來盯我們了。」

「好，散會！」負責人站了起來，「大家都去工作吧！」說完，負責人率先步出會議室。

蘭登收拾好自己的東西，也出了會議室，進了自己的辦公室，坐下沒一會兒，電話就響了。

「將軍，政府發言人辦公室的網管剛打電話來，政府辦公室的網站被人駭了，首頁被人塗黑，留下八個中國字：『以牙還牙、以毒攻毒』！」那人稍微頓了一下，「政府發言人辦公室的人想讓你判斷一下，這事是否和軟盟有關！」

「什麼？」蘭登有些意外，「攻擊網站？」

這不像是劉嘯的風格，他做事都是一擊致命，網站被駭的事時有發生，頂多丟個面子而已，不算是什麼致命打擊。

蘭登想了一會兒，道：「你先通知他們馬上找專家分析資料，看看對方是怎麼進來的，這不像是軟盟的風格！」

「是！將軍！」那邊應聲之後，就掛了電話。

蘭登放下電話，捏了捏額頭，這到底是怎麼回事呢，攻擊的目標是在政府發言人辦公室的網站，難道是其他政府部門也得罪了哪個中國駭客嗎？蘭登有些坐不住了，來到情報部的資料控制中心。

「有沒有政府網站被駭的報告？」蘭登問道。

「在這裏，將軍！」一位情報員站起來報告。

「把剛才網站被駭的截圖調出來我看看！」蘭登走到那位情報員的電腦

前。

「就是這個，是政府發言人辦公室的網站，現在已經恢復了！」情報員說道。

蘭登點點頭，這就對上號了，自己要看的正是這個。

被駭的畫面很簡單，頁面全黑，中間八個鮮紅的大字，就是剛才彙報中的「以牙還牙，以毒攻毒」了。

蘭登仔細看了看，沒看出什麼來，就問道：「駭客還留下什麼線索，或者是標記沒有？」

情報員搖頭，「目前我們只收到這些表面的情報，具體的細節，還得那邊的安全專家分析過之後才能知道。」

蘭登看著螢幕搖頭，這不是劉嘯的風格，劉嘯沒這麼張揚，他都是以一種暗地裏的壓力來迫使對手就範，當年在封明，他沒有直接去攻擊那些網路勒索集團，而是一個帖子就讓對方煙消雲散；後來對付F・SK，也是暗地裏放病毒，讓你防不勝防。就拿前段時間的事來說，他也只是鎖死了你的系統，讓人感到一種無處不在的壓力。這種張牙舞爪的挑釁，應該不是劉嘯。

蘭登想到這裏，肯定了自己的判斷，這應該是另有其人，只是不知道是什麼人做的。反正只要不是劉嘯，那就和情報部沒有關係了，至於具體是誰幹的，追不追查，那就是國家網路安全中心的事了。

「要是有報告出來，直接送到我的辦公室！」蘭登吩咐。

「是！將軍！」情報員立正道。

蘭登轉身正準備走，就聽那情報員的電腦嗶嗶兩聲，然後那個情報員就道：「將軍，那邊的消息過來了！」

蘭登只得又調轉身，來到電腦前，「怎麼回事？」

情報員點開後，愣在了那裏，一臉意外，「怎麼會這樣？安全專家說，針對政府發言人網站的攻擊是來自我們情報部的！」

蘭登大怒，情報部門臨吃多了啊，這明顯就是栽贓陷害嘛，這是什麼安全專家，分析出這麼一個不負責任的報告。

「報告！」一旁跑過來一個通信兵，「接到國家網路安全中心的通知，他們要派幾個安全專家過來，對我們的一台伺服器進行例行檢查，排除安全隱患！」

「知道了！」蘭登氣不打一處來，情報部的網路一直正常，怎麼可能被人利用了去攻擊發言人的網站，這根本就是莫須有的事，也不知道網路安全中心這幫飯桶有沒有腦子，是怎麼做的分析。

蘭登一咬牙，直奔負責人的辦公室去。這事得跟負責人說一聲，這可關乎的是情報部的臉面，雖說情報部最近是丟臉丟大了，但也不能任由別的部門這麼隨意欺負吧。

負責人聽完，雖說沒有蘭登那麼激動，但也很生氣，換了以前，網路中心是不敢輕易下這種結論的，可現在連個照會都沒有，就直接派人過來檢查，一點也不把情報部放在眼裏了。

「你說這不可能是劉嘯做的？」負責人不放心，又問了一次。

「是！」蘭登點頭，「這根本不是劉嘯的風格，我敢肯定，這不是劉嘯做的！」

「那為什麼安全專家會認為攻擊來自我們情報部呢？」負責人到底老道些，「他們要來查就查吧，檢查一下也無所謂嘛！正好我們也借機證實自己的清白！」

「是！將軍！」蘭登不得不應了下來。

「一會兒他們來人就由你負責接待，全力配合！」負責人說道，「要弄清楚是怎麼一回事，我們是情報部，不是給人背黑鍋的！」

「是！將軍！」蘭登大聲喊道。

網路安全中心的專家剛到情報部，蘭登已經在樓下等候，「你們好！我是蘭登將軍，這次例行檢查由我負責接待！」蘭登笑說，「接下來就全看諸位的了，一定要還我們情報部一個清白！」

「蘭登將軍言重了！」那邊是由一位上校負責帶隊過來，「這只是一次例行維護檢查！」

蘭登臉上笑著，心裏卻暗自不屑，狗屁的例行維護，有這麼維護的嗎？情報部那麼多電腦你不檢查，偏偏指定了這台電腦來做例行維護，難道別的電腦就不需要維護嗎。

「來，請請請，我帶你們過去！」

蘭登把這幾個人領到了七樓一間小的辦公室，「這是我們平時用作日常郵件收發的電腦，我們核實過了，ＩＰ是屬於這台電腦的，諸位可以開始檢查了！」

那上校一抬手，身後的幾個人立刻上前，掏出筆電和各式檢測工具，核實ＩＰ沒錯後，開始對那台電腦進行了安全檢查。

過了十來分鐘，檢測工作做完了，一位專家朝那上校道：「頭，你來看看！」

上校朝電腦上的檢測結果一看，皺起了眉頭，奇怪，這台電腦一點攻擊和被攻擊的痕跡都沒有，各種安全軟體都很齊備，完全是按照網路安全中心的安全標準做的。

「蘭登將軍！」上校回頭看著蘭登，「你確定就是這台電腦？」

蘭登霍地站了起來，「你這是什麼意思？是不是這台電腦，你們是電腦專家，難道沒辦法驗證嗎？」

蘭登很惱火，自己還沒無聊到指鹿為馬的地步吧。

上校吃了癟，趴在電腦上仔細驗證了一下，結果顯示，這台電腦本次使用這個ＩＰ連入網路的時間已經長達九十多個小時了。

上校有點發傻，怎麼會這樣，電腦能夠對上號，但一點攻擊的痕跡都沒有，而被攻擊的一方卻清楚顯示攻擊源來自這台電腦，就是再厲害的駭客，也得留下點什麼蛛絲馬跡吧，不會這麼乾乾淨淨的。

「上校！」蘭登有點生氣了，「你們的例行檢測到底做完沒有？」

上校現在也不敢多說什麼，看來只得回去向上司報告，看他們怎麼考慮了，「報告蘭登將軍，例行檢測完畢！」

「結果呢？」蘭登問，「我們的電腦是不是被人入侵了？然後又去攻擊了其他的政府網站？」

「這……」上校不知道該怎麼回答，支吾半天，道：「我們沒有在這台電腦上發現任何入侵和被入侵的痕跡，這台電腦是安全的！」

「那你們為什麼要在檢測之前，就輕率地發佈檢測報告，說攻擊來自情報部的網路？」蘭登盯著那個上校，「我們情報部的網路還不至於差勁到被人當槍使吧！」

上校臉上的汗都下來了，「將軍，我們之前在被攻擊的那台網站伺服器上，確實發現攻擊源來自這台電腦！」

「那你現在要怎麼解釋這件事？」蘭登不依不饒。

上校知道這下麻煩了，如果自己不把這事說清楚，情報部肯定不會善罷甘休的，誰願意被髒水潑一身啊。

「我……」上校這一急，還真不知道該怎麼說了。

就在此時，上校的電話響了起來，總算暫時解了他的圍。

「什麼事？」電話裏一陣嗚嗚，就看上校的臉色瞬間變了幾變，「好，我知道了，我馬上就回去，這邊的情況也很意外，回去後大家再具體研究一下！」

掛了電話，上校看著蘭登將軍，「我剛收到總部的消息，國防部、交通部、教育部以及總統府和國會的網站剛才全被人駭了，和之前的狀況一模一樣，攻擊者留下的入侵痕跡全部指向這台電腦！」

上校指著旁邊的那台電腦，「看來這事確實有些蹊蹺，如果我沒有猜錯，這是有人故意在栽贓情報部，我現在要馬上趕回總部了！蘭登將軍，請您仔細回憶一下，看看情報部最近是不是得罪了什麼駭客方面的人物？」

「等一等！」蘭登攔住那上校，「我有個問題，既然對方不是從我們的電腦發起攻擊的，那為什麼所有的攻擊源都會指向這裏，他這是怎麼做到的，他怎麼能欺騙過你們的分析呢？」

「虛擬攻擊！」上校答道，「我想只有這麼一種可能了，對方根本不需要入侵情報部的電腦，也能偽裝成情報部的電腦，這正是虛擬攻擊的高明之處，他甚至可以偽裝成某網站上的一篇文章或者一張圖片發起攻擊！」

「那有沒有辦法追蹤到這個攻擊者？」蘭登問道，既然攻擊者的矛頭最後還是指向了情報部，而這個人明顯不是劉嘯，那蘭登總得弄清楚對方是誰吧。

上校搖了搖頭，「我們還辦不到，我們的專家研究了一年多的時間，但至今還不知道虛擬攻擊是怎麼回事，更別說是追蹤攻擊者了！其實我們之前從軟盟購買的策略級防火牆，是可以防止被虛擬入侵的，那是世界上唯一一款可以擋住虛擬攻擊的安全產品，可惜……」

上校嘆了口氣，沒把話說完，「蘭登將軍，我先告辭了！」

上校的話，讓蘭登想起以不安全的理由退掉軟盟的產品，卻讓自己掉進了一個更不安全的漩渦裏。

面對虛擬攻擊，F國的網安部門竟然一點辦法都沒有，防不住，也追查不到攻擊者的來源，軟盟的策略級防火牆是唯一可以擋住虛擬攻擊的產品，那按照這個推斷，劉嘯一定也是懂得虛擬攻擊的人，如果他真要拿這個來攻擊和報復的話，那自己絕對是毫無招架之力。

蘭登現在被搞糊塗了，今天的攻擊到底是不是劉嘯做的呢，難道這是劉嘯故意布下的迷魂陣，你認為不是他做的，卻恰恰正是他做的？

蘭登匆匆返回情報大廳，「我要關於虛擬攻擊的所有資料，馬上送到我的辦公室來！」

接下來的幾天裏，Ｆ國的網路安全專家儘管嚴陣以待，但還是擋不住那神秘駭客的左衝右殺，Ｆ國的政府公告網站幾乎淪陷了一遍，有幾個甚至是被犁了三四次，但讓這些專家束手無策的是，至今遭到的上百次攻擊，所有的線索都指向那台情報部的電腦。最後情報部也無奈了，主動要求派幾個專家過去看著那台電腦，可攻擊依然在持續。

政府的公告網站被人駭來駭去地玩，就算網路安全專家恢復得快，也會被人抓住的，媒體們很快就注意到了這種情況，多方打探之下，就弄清楚了事情的原委。

媒體們開始開炮，第一個目標就是情報部，他們質問為什麼每次攻擊的來源都會指向情報部，是不是情報部招來了駭客？到底是因為什麼事招來了駭客，他們要情報部給出一個解釋。

第二個被轟的，便是網安部門，一個偌大的網安部門，養了那麼多專家，竟然讓對手在自己的眼皮底下連續得手上百次，至今不知道對手是誰，這也太無能了，媒體們要求網安部門的負責人下台，連政府的公告網站都保護不了，也就沒什麼必要再幹下去了。

駭客事件經媒體曝光後，影響迅速擴大，成了F國街頭巷尾都在談論的一個話題，有的人甚至天天守著那些政府公告網站，看它是不是還會再次被駭。

F國的一些駭客組織也覺得顏面大失，他們一邊加入讓政府網安部門負責人下台的行列中，一邊開始商量著，看有什麼辦法找出攻擊的駭客，準備報復。

一時間，F國便顯得有些混亂，除了有媒體報導政府網安部門閉門造車、技術落伍外，駭客組織也通過各種途徑曝光和控訴政府網安部門長期壓制民間安全力量的行為。

國會的一些議員本來就對情報部不滿，此時正好抓住這事向情報部施加壓力，讓他們給出解釋，是什麼導致這幾天駭客事件頻頻發生。

劉嘯這幾天一直忙著招聘人才，聽到這個消息後，也是大吃一驚，因為他知道自己還沒有來得及出手啊，這到底是什麼人，竟然把自己想做但還沒來得及做的事給提前做了，總不會是F國的情報部門還得罪了另外一名中國駭客吧？

這似乎不太可能，有點太巧了！

再說，和一個國家的情報部門作對，這需要很大的勇氣，一般人碰上這種事，都會選擇保命逃跑；就是報復，也是暗地裏偷偷摸摸來。現在看來顯然不是，這個攻擊者的行為太張狂，太囂張，似乎唯恐天下人不知。

難道是苦肉計？是F國情報部門故意先把自己要做的事給做了，免得自己真的動手？劉嘯搖頭，這也說不通啊，他們不會這麼傻，畢竟這是丟自己人的臉，要是露餡了，那肯定就是萬劫不復了。

「奇怪了，會是誰呢？」劉嘯十分納悶，能夠反覆侵入上百次，那肯定是高手中的高手，而且這個人肯定是非常熟悉虛擬攻擊，否則攻擊源不會都顯示是同一台電腦。可會虛擬攻擊的人，全世界也數不出幾個來，總不能是踏雪無痕、西德尼或者是雁留聲吃飽了撐著，到F國散步助消化吧！

劉嘯想來想去，突然想起了一個人，自己上次進入電信網路的時候，曾經碰到過一個同樣使用虛擬攻擊的高手，還跟他聊過兩句，這個人出現在電信的網路中，按說應該也是中國人，難道F國的情報部門真的同時得罪了兩位中國駭客不成？

劉嘯覺得這個太離譜，也無法知道那天碰到的高手到底是誰，只好把目光再次移到自己身邊的人身上。會不會是誰替自己打抱不平去了？

劉嘯第一個想到的，就是商越。

「難道商越也會虛擬攻擊？」劉嘯撓了撓腮幫子，這倒是有可能，商越可比自己要低調多了，說不定她真的會，而且她前幾天一直催著自己報仇，這幾天卻喊得不勤快了，這就很能說明問題了。

「這可怎麼辦呢？」劉嘯拿不定主意，萬一真是商越做的，自己跑去問她，她多半不會承認，反而可能還會因為這個，和自己產生什麼隔閡，畢竟她這是私自做的，就是不想讓自己知道。

劉嘯再把其他的人都想了一遍，方國坤、黃星、劉晨、李易成、衛剛，甚至連張小花都沒放過，因為劉嘯現在不確定自己當初交給張小花的那個隨身碟裏到底是不是有虛擬攻擊的工具。

「砰砰！」傳來兩聲敲門聲，打斷了劉嘯的思路。

「請進！」劉嘯忙喊道。

進來的是商越，她看劉嘯坐在那裏什麼事也沒做，有些奇怪，以前進來劉嘯都是在忙，「你在想事情？」

「是！」劉嘯連忙應著，「我在想那個攻擊F國的駭客到底是誰，我得感謝人家啊，把咱要辦的事給辦了！」

「那不是你嗎？」商越盯著劉嘯，也是一臉納悶！

「你這不是明知故問嗎？」劉嘯笑著站了起來，「你知道的，那根本就不是我的風格！」

「奇怪，不是你，那會是誰呢？」商越也是鎖眉。

劉嘯看了看，覺得商越的神色沒什麼不對的地方，就放棄了進一步的試探，反正不管是誰，自己今後多關注就是了。

劉嘯問道：「你找我什麼事？」

「哦！這個給你！」商越把手裏的一疊檔案放在劉嘯的辦公桌上，「我按照你的要求，擬了一份關於我們多梯次安全體系的規劃書，你看看吧！」

劉嘯翻了翻，道：「很好很好，我看就這樣吧，不用再交給其他人決議了！」

「那……」商越看著劉嘯，「那就這樣吧，我先忙去了！」

「好！」劉嘯順手拿起檔案，「我也得出門到市政府去一趟，把這東西交上去，他們催了好幾次了！」

劉嘯直接到了馮市長的辦公室，一進門，馮市長就笑著站了起來，「這可正是說曹操，曹操就到，來來來，快坐！」

「哦？」劉嘯笑著，「馮市長找我有事啊？」

「也沒什麼事！」馮市長坐在了劉嘯旁邊的沙發上，「剛才看了幾份報告，都是關於網路安全的，最近一段時間，不管是國內還是國外，網路都很不太平啊。上面要求我們這些地方政府要高度重視，做好各自的網路安全工作，我就想起你來了，想聽聽你有什麼高見，怎麼能把咱們海城的網路安全進一步做好！」

「這是一個多方面的工作！」劉嘯笑道，「咱們最近不是正在安裝策略級產品嗎，我想要真正提高網路的安全，升級硬體只是一部分，還有很多工作要做，最關鍵的一點，就是要提高所有使用網路的人的安全意識，如果靠那幾個安全人員來做安全工作，這個不切實際，也不能算是真正把安全工作做好！」

「你說的很好！」馮市長笑說，「你再說說，還有什麼具體要做的？」

劉嘯想了想，道：「這樣吧，我們最近招了一批新員工，按照公司規定，要對他們做安全知識和職業操守的培訓。我看不如讓市府裏負責日常網路維護和安全工作的人也來參加，學習一下最新的安全知識！你看這樣如何？」

「好好好！」馮市長點頭，「那就麻煩你們了！是該讓他們去好好學習一下。說句實話，我也覺得市府的這些安全工作人員思維有些僵化，而且驕傲自大、閉門造車，不像你們這些企業，能夠在技術上做到與時俱進！」

「那就這樣決定了，回頭我就把具體培訓的時間給您送過來！」劉嘯說著，從公事包裏掏出剛才那疊檔案，「對了，還有這個，這是我們那個項目的企劃書。我想趁我們和市府合作搞這個項目的進行期間，在市府的一些職能部門普及一下安全操作規範！」

「好，好！」馮市長接過來放在一邊，「你可真是有心啊！」馮市長能不高興嗎，這下自己對上面也算是有交代了。

劉嘯笑說，「這沒什麼，我當然希望咱們海城的網路堅不可摧，從一定的角度說，我們軟盟和市府是一榮俱榮，一損俱損的！」

「唔，確實是這樣的！」馮市長點頭，「這報告我收下了，等市委通過後，我們的合作就可以正式開始。哦，對了，還有一件事！」市長說完，從辦公室的抽屜裏拿出一份紅頭文件，「給你們軟盟的建地已經批下來了，這是文件，拿著這個，就可以去辦手續了！」

劉嘯接過來一看，發現這塊地就在距離天晶大廈不遠的地方，當下大喜。

「謝謝市長，謝謝市裏對我們的支持！」

此時的F國情報部大樓下面，蘭登和理查站在那裏，似乎在等著什麼人，理查時不時看看表，皺皺眉，然後又繼續踱著步，都等了半個多小時了。

一輛嶄新的邁巴赫緩緩朝這邊駛來，蘭登一下站直了，道：「理查，人來了！」說完，就朝那車子迎了過去。

蘭登親自幫忙打開車門，然後欠身往裏一看，笑道：「你好，西德尼先生，我們可算是把你給盼來了！」

西德尼不置可否，緩步下車，抬手看了看情報部的大樓，站在了那裏。

「西德尼先生，請裏面走！」蘭登忙伸手，「將軍正在等你呢！」

西德尼稍微整理了一下儀容，便邁步朝大樓裏走去。

蘭登忙在後面跟上，然後低聲對理查吩咐道：「你快去通知將軍，就說我們請的人來了！」

「好！」理查應了一聲，就朝另外一邊的電梯走了過去。

「叮」一聲，電梯門滑開，負責人換上一臉笑容，「西德尼先生，歡迎你的到來！」

「你好，將軍！」西德尼和負責人一握手。

「這邊請！」負責人一抬手，就在前面領路，朝會議室走了過去。

等所有人都在會議室坐好了，負責人客氣了幾句，便朝蘭登一使眼色，蘭登就站了起來。

「西德尼先生，我們知道你是安全界對虛擬攻擊最有研究的專家，這次……」

「打斷一下！」西德尼突然抬手，「我糾正一下，我並不是對虛擬攻擊最有研究的人，比我更熟悉虛擬攻擊的人，其實有很多！」

蘭登拍馬屁沒拍準，只好尷尬地咳了咳，接著說道：

「這次我們請西德尼先生過來，是有事相求。最近一段時間，有位駭客頻繁攻陷我們的一些政府公告網站，用的手法就是虛擬攻擊，每次他都是把我們情報部的一台伺服器虛擬成攻擊源，現在媒體都在質疑我們情報部，讓我們有口莫辯。」

「你們想讓我幫你們找到攻擊者？」西德尼問。

「是！」蘭登立刻說道，「現在唯一能夠還我們清白的，就是西德尼先生了，請你務必要幫我們一次！」

「我對幫助你們沒有任何的興趣！」西德尼說。

蘭登愣在了那裏，不知道該說什麼。

「西德尼先生，你聽我說……」

「不過，我倒是對這個使用虛擬攻擊連續入侵你們上百次的人很感興趣！」西德尼往椅背上一靠，「我很想知道這個人是誰！」

蘭登長出一口氣，害自己白緊張半天！「多謝西德尼先生，我知道你是一位德高望重的安全專家！」

「你不用說這些沒有用的話！」西德尼抬了抬手，「你就說明一下事情的詳細過程，然後說一下具體的安排就可以！」

「好好好，西德尼先生真是個痛快的人！」蘭登趕緊把事情的過程全盤做了一個說明，不過隱去了和劉嘯的過節。

西德尼聽完，什麼也沒說，只是坐在那裏凝眉沉思，不知道在想些什麼。

「西德尼先生！我有個問題！」理查突然開口了，「所有人都知道，軟盟的策略級防火牆是世界上唯一一款可以防禦虛擬攻擊的安全產品，你說這會不會是軟盟的掌門人劉嘯做的，攻擊者留下的可是中國字啊！」

西德尼瞥了一眼理查，有些不滿，「既然你們知道只有那款防火牆可以防禦虛擬攻擊，那為什麼要退掉呢？」言下之意，就是說你們遭受虛擬攻擊，純屬自找的。

理查只好扭過頭，不再說話。

「其實是不是劉嘯幹的，你們心裏應該有答案，否則也就不會請我來了！」西德尼看著蘭登，「我說的沒錯吧！」

「是！」蘭登點頭，心裏想這個西德尼果然了得，對情報部門的辦事風格很瞭解，如果情報部能確定是誰幹的，那肯定就不會找他過來幫忙了，早就展開針對的行動了。

「那這事就麻煩西德尼先生了，我現在馬上和網路安全中心的人聯繫，由他們安排具體的行動方案！」

「這個不急！」西德尼看著蘭登，慢條斯理道：「我要的東西呢？」

蘭登看了看負責人，等負責人一點頭，他便從口袋裏掏出一個密封袋，放在桌子上，「這裏面有一張磁片，上面是你需要的資料，不過只有上半部分，等抓到攻擊者，我們就會把下半部分交到你的手上！」

「這很公平！」西德尼也不說什麼廢話，把那個密封袋收了過來，「現在你可以去聯繫網安部門了！」

蘭登趕緊掏出電話聯繫網路安全部門的人，他得趕在西德尼變卦之前把這事搞定。

網路安全部門此時正在頭疼呢，攻擊者鬧了好幾天，不見消停，反而越來越囂張，再這樣下去，估計網安部門的人都得下課了，現在一聽情報部把大名鼎鼎的西德尼請了過來，不由喜出望外，其實他們也早就想西德尼過來了，可惜牽不上線，而西德尼又是個油鹽不進的人物，現在情報部幫他們請來了，他們感謝還來不及呢，哪裡會有什麼意見，當下就告訴蘭登，直接帶西德尼來網路控制中心就行。

到達網路安全中心後，蘭登亮出身分，就領著西德尼一路來到了控制大廳。

第四章　暗藏玄機

韋伯大失所望，怪不得西德尼那麼放心，原來這還另有玄機呢，剛才安裝的程式不過是一個用戶端，得靠西德尼手裏的這個服務端控制程式，才能監控和追蹤到虛擬攻擊者的情況。如果只有用戶端的話，等於是廢品一件。

控制中心此時正一派繁忙的景象，大部分人都在自己的電腦前面忙碌著，還有幾個人圍在一個操作台前，正在討論著什麼，通信兵在控制大廳裏來回穿梭，傳遞著各種命令。

見沒人搭理自己，蘭登就大聲道：「誰是這裏的負責人？」

操作台前的那幾個人聽到聲音就扭頭往這邊看了過來，其中一個就是上次到情報部例行維護的上校，他快速跑了過來，一敬禮，「蘭登將軍，上校韋伯向你報到，我是這裏的負責人！」

「給你介紹一下！」蘭登看著自己一旁的西德尼，「這位就是大名鼎鼎的西德尼先生！」

「西德尼先生，你好！」韋伯又是一個敬禮，「非常抱歉，沒能親自去迎接你！」

「發生什麼事了嗎？」蘭登問道，一邊看著大廳裏忙碌的景象。

「五分鐘前又發生了很嚴重的駭客攻擊事件，我們正在協調處理！」韋伯答道。

蘭登一聽，心裏一緊張，不會吧，難道又是誰被情報部的電腦駭了嗎？於是問道：「到底是怎麼回事，你給西德尼先生說明一下！」

「這次的攻擊和以前不同，攻擊者沒有直接去攻擊政府網站，而是修改了國內兩個大型網站的功能變數名稱指向，把這些網站的流量全都指向了情報部的網站！」韋伯說道。

蘭登心裏暗自咒罵一聲，這次不是情報部去「駭」別人，改成別人攻擊情報部了，這個攻擊者真他媽的無聊啊。

「那結果如何？情報部的網站現在狀況如何？」

「情報部的網站具有多路備份系統，並沒有被突如其來的超大流量擊垮！」韋伯說著。

蘭登心裏鬆了口氣，「那就好！」

「可……」韋伯皺了皺眉，有些為難的神色，「可情報部的網站被人竄改了，首頁和之前那些被駭的政府公告網站一樣！」

蘭登差點吐出血來，這比以前更狠了，這是要讓所有人來看情報部的笑話啊。

西德尼此時開口了，「上校，有沒有遭受攻擊的詳細資料呢？」

「有！」韋伯連忙點頭，「在控制台，請跟我來！」

蘭登現在只能寄望於西德尼了，希望他能趕緊把這個攻擊者找出來，當下他就和西德尼一起走到了控制台的電腦前。

韋伯向控制台前的那幾位專家介紹了一下西德尼，當時所有人的眼光就直了，這可是傳說中的神級人物啊，駭客中的駭客，自己的偶像，沒想到偶像竟會站在自己的跟前。

西德尼沒理會那幾人的奇怪目光，走到電腦前，把收集來的攻擊資料調了出來，只是簡單一看，西德尼便搖了搖頭，「這不是虛擬攻擊！」

「不是？」蘭登第一個叫了出來，「西德尼先生，你……」

蘭登本想問西德尼是不是看錯了，但說到這裏，就趕緊閉嘴了，這個西德尼的最大忌諱，就是不能懷疑他的能力和判斷！以前他的所有判斷都被證實是對的，只有黑帽子大會上面對軟盟的產品，是唯一一次失手。

旁邊的韋伯也點了點頭，「剛才我們的幾位專家也正在討論這事呢，攻擊情報部網站的資料明顯和前幾天的資料不同，我們也很納悶，只是不敢肯定自己的判斷。現在西德尼先生這麼一說，我們心裏就有數了！」

西德尼微微頷首，「你把前幾天的攻擊資料調出來我看看！」

韋伯趕緊上前，把前幾天的攻擊資料調出幾份來，「就是這個，您請過目！」

西德尼把每份資料都看了一下，然後關掉這些資料，道：「沒錯，這幾份資料很明顯是虛擬攻擊的資料。」

韋伯在一旁目睹了西德尼的每一個操作過程，卻不知道西德尼到底是根據什麼區分虛擬攻擊和普通攻擊，因為雖然資料不同，但韋伯也只看出了是攻擊方法不同，並不能知道哪個就是虛擬攻擊留下的，這些資料都和正常攻擊沒什麼區別，不過他沒把自己的不解說出來，西德尼不一定會給他答案的。於是他問道：

「前幾天，攻擊者都使用同一種攻擊方法，其實我們都打了補丁，按道理來說，這種攻擊方法是不奏效的，可是因為他使用了虛擬攻擊，反而奏效了。而今天的這個攻擊完全不同，似乎是針對我們一個沒有察覺到的漏洞來進行攻擊的！」

西德尼點了點頭，「其實前面這些資料本身並沒有任何用處，攻擊者連攻擊手法都是虛擬出來的，你們從資料裏分析出來的攻擊方法，和他真正使用的攻擊方法完全不一樣。而今天這個，是真正攻擊留下的資料，沒有任何虛擬，從這些資料中，你們就可以分析出攻擊者是誰！」

西德尼說到這裏，笑了笑道：「說不定你們拆穿了虛擬攻擊的把戲後，會發現前幾天的攻擊者使用的方法和今天這個攻擊首發會是完全一樣的！」

韋伯大悟，原來虛擬攻擊並不是萬能的，也需要利用一個實實在在的漏洞才能進行攻擊，只是他用虛擬手段把真實的攻擊手段偽裝了起來。

「西德尼先生，我還是有一點不明白，為什麼今天的攻擊者不採用虛擬手段來偽裝了呢？」

「原因很簡單！」西德尼嘴角翹起一絲笑意，「因為他不會虛擬攻擊！」

「啊！」韋伯大驚，然後追問道：「你是說，今天的這個攻擊者，並不是之前的那個攻擊者？」

西德尼點頭，「應該是這樣，從資料表面可以看出，這個攻擊者使用了很複雜的ＩＰ偽裝策略，目的是為了不暴露自己，如果他會虛擬攻擊的話，根本就用不著這樣做。因為再複雜的ＩＰ偽裝，只要細心追查，還是可以查到攻擊者的真實位置的，而虛擬攻擊就不同了，這個世界上，沒人能在事後的資料中找到絲毫關於攻擊者的資訊！」

「那豈不是無法找到攻擊者了？」蘭登不懂前面說的，但這話他還是能懂，他找西德尼來，就是要抓住攻擊者。

西德尼抬手打斷了蘭登的話，他知道蘭登接下來會說什麼，道：「我只是說沒人能在事後的資料中追查到攻擊者，但並沒有說就沒有辦法來追查攻擊者了！」

蘭登鬆了口氣，自己有些過於緊張了，以至於分析能力都下降了許多。

「西德尼先生，就請你吩咐一下，我們整個網路安全部都會配合你的行動，爭取早點抓到那個攻擊者！」

「追蹤那個虛擬攻擊者的事，我來做就可以了！」西德尼看著韋伯，「我想你們還是抓緊時間把今天這個攻擊者找出來吧，之前那個攻擊者並不可怕，更可怕的反而是今天這個攻擊者！你認為呢？」

韋伯一怔，隨即後背上冒出一陣冷汗，是啊，之前那個攻擊者的目的非常明顯，就是要來報仇的，可今天這個攻擊者又是為了什麼呢？總不成也是報仇來的吧！

他把關注度很高的門戶網站的流量引到情報部的網站，然後又駭了情報部的首頁，這明顯就是要煽風點火，生怕這事鬧不大，這人的用心未免太險惡了吧！

蘭登是做情報的，他當然也明白了過來，當下就對韋伯道：「趕緊找專家分析資料，一定要把這個攻擊者找出來，有什麼需要協助的，就儘管說，我們情報部全力配合！」

「好！」韋伯也不敢耽擱，當下對旁邊的那幾位專家道：「你們馬上組織人手，對今天入侵情報部網站的資料進行分析，找出攻擊者的線索來！一有消息，馬上報告我！」

不過韋伯卻沒有走，他對西德尼道：「西德尼先生，我來配合你追蹤那個虛擬攻擊者，有什麼需要協調的地方，你儘管吩咐！」

韋伯不想錯過這個好機會，只要自己能從西德尼的追蹤手段裏看出個分毫門道來，那也能讓自己受益匪淺了。

西德尼當然知道韋伯的想法，不過他也沒說什麼，因為他覺得這個韋伯確實是個心思靈敏的人，這點讓西德尼很喜歡。

他就喜歡有天賦的人，於是便多說了兩句：

「其實虛擬攻擊和虛擬攻擊之間也是有區別的，以前我也不明白這個道理，後來經軟盟的劉先生指點，才想通了這其中的玄機。拿這次攻擊你們的這個傢伙來說吧，他就屬於剛入門，刻意的虛擬反而暴露了他的不足，這樣的攻擊資料讓內行人一看，立刻就能知道是作假的，所以想追蹤這種人並不困難，他只要一發動攻擊，我就會有辦法知道。但要是碰上那些真正的虛擬攻擊高手，想要追蹤就很困難了，他們的手段千變萬化，甚至會在瞬間發生攻守錯位的轉換！」

「西德尼先生一定就是這種高手了！」韋伯說道。

西德尼搖了兩下頭，笑道：「我頂多算是摸到了門道而已，要論虛擬攻擊的高手，那就非軟盟的劉先生莫屬了！」

蘭登在一旁心裏就有些犯嘀咕，好在這次攻擊的人不是劉嘯，要換了是劉嘯，這西德尼的技術都還是人家劉嘯指點的，自己想要靠西德尼抓住劉嘯一點尾巴，怕是就不太現實了吧。可情報部也沒得罪其他的中國駭客啊，尤其是這種超級駭客，那這個死死糾纏的駭客高手到底是誰呢？

西德尼從自己的西服口袋裏掏出一張小小的光碟，「你去把這張光碟上的軟體安裝到有可能被那個駭客攻擊的伺服器上，只要他再次攻擊這些伺服器，我就有辦法追蹤到他的行蹤！」

韋伯大喜，趕緊接過了光碟，「我這就去安排！」說完，像捧著寶貝似的走了。這可是個好東西，有了這東西，以後自己網安部門也不會拿那些虛擬攻擊者一點辦法都沒有了。

西德尼雙手插腰，看著蘭登，「你在想什麼？」

蘭登搖搖頭，「沒有！」

「我有件事情想不明白，正想問你！」西德尼頓了頓，「為什麼你們情報部要建議國防部放棄軟盟的策略級防火牆呢？」

蘭登詫異地看著西德尼，這事竟然連西德尼都知道了，現在的保密手段越來越多，可是消息卻一點也藏不住，蘭登咳了咳，「國防部不是說了嗎？是為了安全考慮！」

西德尼用鼻孔嗤了口氣，「算了，你不想說，我也不問了。只是我有句話，希望你能轉告給你們的將軍。」

「西德尼先生請講，我一定轉告！」

「別惹駭客，尤其是劉先生那樣的駭客！」西德尼很嚴肅地盯著蘭登，「你不知道那樣做的後果會有多嚴重！」

「呵呵！」蘭登笑著掩飾，「我會轉告的！」

「好了！你不必在這裏陪著我了！」西德尼轉身看著控制台那些電腦閃爍的資料，「你忙自己的去吧，記得把我需要的資料準備好！」

韋伯派人把軟體都裝好之後，便又趕緊回到控制大廳，走到西德尼身後，「都安裝好了，西德尼先生！」

西德尼點了點頭，「很好！」然後走到一台空置的電腦前，「我想用這台電腦！」

「沒問題！」韋伯說道：「你還有什麼要求？」

「沒有了！」西德尼坐到那台電腦前，從口袋裏掏出一張小光碟，塞進去安裝了起來，等裝好一運行，軟體的介面就顯示出幾十個伺服器的運行狀況，正是韋伯剛才派人去安裝的那些有可能遭受攻擊的伺服器。

韋伯大失所望，怪不得西德尼那麼放心把軟體交給自己去安裝，原來這還另有玄機呢，剛才安裝的程式不過是一個用戶端，得靠西德尼現在手裏的這個服務端控制程式，才能監控和追蹤到虛擬攻擊者的情況。如果只有用戶端的話，那就相當於是廢品一件。

也許是今天的意外攻擊把那個虛擬攻擊者搞懵了，西德尼守了一天，也沒等到對方的攻擊，F國的網路這些天也是頭一次有這麼長的太平時間。

韋伯也不得不對西德尼另眼相看，剛開始他看西德尼吃飯也得讓人去五星級飯店訂，做好了專車送來，喝的水也是自己親自帶過來的，所以他以為西德尼肯定熬不住，沒想到最後自己都熬得快頂不住了，坐在那裏直打瞌睡，而西德尼卻始終坐在電腦前沒有動彈，只是拿本書，看會兒書，便朝電腦上瞄一眼。

第二天上午，蘭登來了，先跟西德尼打過招呼，然後問韋伯：「怎麼樣？什麼個情況？」

韋伯搓了搓臉，才稍微趕走睏意，「那個攻擊者昨天沒來攻擊，白白守了一晚上！」

蘭登便皺了皺眉，隨即又走到西德尼身後，「西德尼先生，要不你去休息一會兒，有情況我們再喊你！」

西德尼放下書，站起來活動著筋骨，「你給我算一算，現在這個點，中國應該是什麼時間？」

蘭登稍微算了一下，「天還沒黑，不過快了！」

「哦！」西德尼想了想，「那再盯一會兒吧！我看了之前的攻擊記錄，絕大多數都是在天黑之後發起的！」

「那你看需要什麼東西嗎？」蘭登問著，心想西德尼還真是敬業啊，答應了的事可真負責。

「不用了！」西德尼擺了擺手，走到窗戶邊眺望了一會兒，然後又回到電腦前坐下，繼續看書。

蘭登覺得布些無聊，拉過一張椅子，和韋伯並排坐在西德尼的後面，談著一些關於今後網路安全方面的想法。

大概又過了一個多小時，蘭登該說的說了，不該說的也說了，實在是找不出什麼話題來了，就準備告辭。

他站起來，張開嘴剛說了個「西德尼」三字，西德尼面前的電腦便叫了起來。

「來了！」西德尼往螢幕上一瞥，隨後把自己手裏的書放下，轉身拉出了鍵盤，準備下一步的操作。

韋伯也來了精神，刷地站了起來，湊到了電腦前，便看見那幾十台電腦裏，有一台電腦的標誌正在閃來閃去，發出紅色的警報。

「這是總統府網站！」韋伯對這些伺服器的位址實在是太熟悉了！

西德尼點擊了總統府網站的標誌，軟體介面隨即切換，上面是不斷刷新的資料。韋伯這樣的高手，也是看了個稀裏糊塗。但下面的資訊框裏，卻顯示著這些資料所代表的含義。

「是虛擬攻擊！而且虛擬的攻擊源，還是你們情報部的那台電腦！」西德尼點了點頭，「看來這就是你們要找的人了！」

「那現在怎麼辦？」韋伯有些著急。

「我的軟體已經開始啟動追蹤分析了！」西德尼微微笑說，「放心，只要對方還在線上，我的工具就可以分析出他的真實位置！」

蘭登也往螢幕上看去，他看得懂螢幕下方顯示出來的那些分析結果。

「正在拆解虛擬資料封包！」

「正在分析虛擬參數！」

「資料封包拆解完畢，正在比照參數……」

「已確定真實攻擊手段，正在還原真實資料封包……」

「還原完畢，正在拆解……」

蘭登看得汗都出來了，這得拆幾次數據包啊，他看了看時間，對方已經進來伺服器超過十分鐘了，隨時可能會離開啊。

「嗶嗶！」此時突然又響起了一聲警報。

西德尼快速切換介面，發現所有伺服器都正常，只有總統府網站這一台伺服器在閃來閃去的，西德尼有些納悶，並沒有遭受別的攻擊啊，怎麼軟體又會報警呢。

等他再次切換到資料分析的介面，就看見資料分析進度又退了回去，剛才已經分析到百分之九十二了，可現在又退回到百分之五十。

「奇怪！」西德尼也是第一次遇到這種情況，他這工具設計完成之後，自己曾測試過幾次，沒有毛病，但從沒和其他虛擬攻擊遭遇到，因此他現在也不能確認是軟體故障，還是發生了什麼意外。

「怎麼了？」蘭登問道。

「沒什麼！」西德尼擺了擺手，讓自己鎮定了下來，或許只是軟體的一個資料顯示錯誤罷了，沒什麼大驚小怪的。

攻擊者一直都沒有離開，只聽「叮」的一聲，資料分析顯示完成度百分之一百！

可當看到分析出的結果時，韋伯和蘭登便大吃了一驚，因為那資訊框裏分明寫著：已鎖定攻擊者真實位置，Ｆ國情報部伺服器，ＩＰ位址為：112.125.214.12

蘭登差點吐血，這不還是自己部門的那台電腦嗎，分析來分析去，怎麼還是這台電腦啊！自己找西德尼來，就是想抓住真正的攻擊者，洗清情報部的嫌疑，誰知道西德尼卻是幫著證明就是情報部發起的攻擊。

「不對，不對！」西德尼站了起來，片刻之後，道：「我知道了，我知道了！」

「西德尼先生，這到底是怎麼回事？」韋伯也傻了。

「是有兩個攻擊者才對！」西德尼顯得非常激動，「我們要抓的是第一個攻擊者，可就在我們馬上要抓到他的時候，第二個攻擊者來了，很顯然，他是位虛擬攻擊的絕頂高手，因為他成功地虛擬了第一個攻擊者的攻擊資料。太厲害了，太厲害了！」西德尼叫了起來，「原來虛擬攻擊還可以這樣做！」

「西德尼先生，你看！」韋伯此時突然發現電腦螢幕發生了變化。

西德尼低頭一看，大吃一驚，他的軟體已經消失不見，螢幕上只有一行英文字母：「這不是你能辦到的事，西德尼！」

「三個！」西德尼又叫了起來，「是三個攻擊者才對！」

韋伯和蘭登都被鬧糊塗了，一向鎮定有風度的西德尼這是怎麼了，就算沒抓到駭客，也不至於失態到這種地步吧，真不知道這三個攻擊者是從哪裡冒出來的。

「西德尼先生！」韋伯上前幾步，「究竟發生了什麼事？怎麼會有三個攻擊者？」

西德尼稍微平復了一下自己的心情，恢復了自己的貴族風範，緩緩道：「真是沒有想到，我平時好幾月才能碰到一次虛擬攻擊，而在你們這裏，竟然一次碰到了三個虛擬攻擊的高手。」

蘭登皺緊眉頭，「不是說之前的上百次攻擊，都是同一個人做的嗎？」

「是！」西德尼頷首，「之前的攻擊確實是同一個人做的，但我說的是剛才的攻擊，剛才總共來了三名高手，都是絕對的超級駭客！」

「西德尼先生！」韋伯便追問道：「你能詳細解釋一下嗎？」韋伯畢竟是個搞技術的，他得知道剛才到底發生了什麼事。

「簡單來說，首先，是我們要抓的那個駭客進來了，他用的手段和之前一模一樣，所以我很快就鎖定了他的攻擊，並且開始還原和追蹤他的真實位置，但就在我的分析結果馬上就要出來的時候，第二個駭客進來了！這個駭客進來之後的第一件事，就是趕跑了第一個駭客，我的工具此時正在進行分析工作，突然丟失追蹤目標，本來分析是會失敗的，可這第二個駭客實在是太厲害了，他做的第二件事，就是瞬間將自己偽裝成第一位駭客，因此工具重新鎖定目標，繼續分析，但得出的結論已經完全是不可信的了。」西德尼說到這裏不禁是一臉地敬佩，「而第三個駭客，就更為厲害了，他竟然能夠實行反向追蹤，並且在瞬間攻入你我面前的這台電腦！」

韋伯有些不明白，問道：「那為什麼一定要是三個呢，反向入侵進來的這個駭客，很有可能和第二個駭客是同一個人啊！」

西德尼搖了搖頭，「不會，第二個駭客雖然也很厲害，但他進來的時候，我的工具還是檢測到了他的蹤跡，並發出一聲報警。而面前這台電腦被攻陷時，我的工具絲毫沒有反應，如果不是他故意暴露蹤跡，我們永遠也不會發現他，甚至不知道他是什麼時候進來的，也許他已經在這台電腦裏待了很長時間了！」

蘭登雖然知道駭客厲害，但現在聽西德尼這麼一說，感覺真像是聽天書，「駭客會有這麼厲害嗎？」蘭登反問，「這不太可能吧！」

「萬事皆有可能，不知道並不代表不存在！」西德尼一臉高深莫測，然後從口袋裏掏出昨天的那個檔案袋，「這東西還給你，我真的幫不到你了，對方太厲害了，我不是他的對手，我捕捉不到他入侵的絲毫痕跡，而且他能夠指名道姓點出我的名字，很有可能早就對我們的行動瞭若指掌了！抱歉！」

西德尼說完，就把那個檔案袋放在電腦桌上，「如果沒有什麼別的事，那我就告辭了！」

「等等！」蘭登攔住西德尼，把那個檔案袋拿起來，重新遞到西德尼面前，「這樣的資料，對於我們來說，並沒有什麼價值，我們還是按照事先說好的，下半部分的資料，一會兒我就著人給你送過去。只是我希望西德尼先生能回答我一個問題。」

「你說！」西德尼看著蘭登。

「難道我們就真的沒有辦法抓到那個攻擊者了嗎？」蘭登還是不死心。

西德尼微一皺眉，道：「其實倒不是完全沒有辦法，只是我覺得沒有必要！」

「為什麼？」蘭登和韋伯都看著西德尼，不明白他的意思。

「我的工具剛才已經抓到了攻擊者的真實資料，雖然沒有分析完，但之前已經分析完的資料都是會留下備份的，可以試著從這些資料裏去尋找攻擊者的線索，說不定還能找出攻擊者所存在的大概位置，這是唯一的辦法！」

西德尼說完，頓了一頓，道：

「我之所以說沒有必要這麼做，是因為有兩位超級高手在刻意保護那位攻擊者，你們就永遠也不可能知道他的具體位置，就算知道了他的具體位置，你們也不可能抓到他，那第三個攻擊者在你們的網路裏進出自如，你們還有什麼行動能瞞住他？目前最要緊的，是趕緊升級自己網路的安全措施，至少不能讓別人像逛自己家花園一樣來去自由，等做好這個，再說抓駭客的事吧，否則全是空談，你們今天抓了一個，明天還是有人會來攻擊，你們準備抓到什麼時候？抓多少？你們的這種網路安全程度，根本就是在誘使駭客犯罪！」

西德尼這話說得一點也不客氣，他知道超級駭客一般是不會幹這種無聊的事，現在一下來了這麼多超級駭客，就說明這裏面肯定有問題，不過西德尼也懶得過問人家情報部的事，但他對這裏的安全措施，還真的看不上眼。

韋伯趕緊追問道：「還請西德尼先生指點一下，看看我們要怎麼做，才能防住這些超級駭客！」

「沒有什麼好辦法！」西德尼看著韋伯，「對付超級駭客最有效的辦法，就是安裝策略級防火牆，可惜你們退訂了！」

蘭登捏了捏拳，自己當時就不同意退掉軟盟的產品，可惜胳膊抗不過大腿，負責人要退訂，自己也沒辦法，誰知道退掉這產品會引來這麼大的麻煩。

「除此之外沒有別的辦法嗎？」韋伯也有些為難，上面已經明令不許再提策略級防火牆的事了。

西德尼搖搖頭，表示沒有其他辦法可行了，不過他又說道：

「有一件事，你們得注意了，你們的伺服器上，可能很早就被人安裝了監控軟體……」

「啊！」韋伯和蘭登都瞪大了眼，這個消息太讓人震驚了。

「你們不要太緊張！」西德尼示意兩人放鬆，「我說的監控軟體，是指監控虛擬攻擊的軟體，類似於之前我讓你去安裝的那個程式，這也只是我的猜測。剛才你們也看到了，第二個駭客及時趕到，幫助攻擊者順利脫身，他為什麼知道攻擊者在哪台伺服器上呢？這就說明他提前安裝了某種類似的監控軟體。」

即便是西德尼這麼說，兩人還是非常吃驚，既然駭客能在伺服器安裝監控虛擬攻擊的軟體，那他想裝點別的什麼程式，也並不是什麼難事啊，而且一切還是神不知鬼不覺的，要不是西德尼點破，自己是怎麼也想不到的。

「那會不會是第二個駭客和那個攻擊者認識，他們是商量好了來的？」韋伯問道，這種可能也有啊。

他還是不願意接受這倆現實，這對整個網安部門的打擊太大了！

「認識不認識不好說，但有一點你要知道，只要第二個駭客能稍微指點一下，那攻擊者就根本不怕被追蹤了，他可以像第二個駭客那樣千變萬化，第二個駭客也就不必那樣費神來幫攻擊者脫身了。」西德尼說完，看了看時間，「好了，該說的我都說了，我有些睏了，先走了！我今天不會離開F國，有事你們可以來酒店找我！」

說完，西德尼便逕自朝電梯口走去，不再理會那兩人。

「現在怎麼辦？」韋伯看著蘭登，他有點沒主意了。

蘭登皺著眉，原地踱了兩圈，突然看到西德尼落在桌上的那本書，便道：「你先安排人手，馬上到所有的伺服器上去檢查，看看到底有沒有被人安裝了監控軟體，弄清楚之後再說怎麼辦吧！」

說完，蘭登從桌上抄起那本書，「我把書給西德尼送過去，順便再請教請教，現在我們也只能指望他了！」

第二天一上班，劉嘯出了電梯，就問門口的接待美眉，「商總監到了沒？」

「到了！剛才我看見她進去了！」接待美眉回答。

「好！」劉嘯點頭應了一聲，直接走到商越的辦公室門口敲了門。

「進來！」商越喊了一聲，抬頭一看進來的是劉嘯，「有什麼事嗎？」

「沒事！」劉嘯擺了擺手，掏出一個隨身碟，「我昨天從別的地方搞了一個小程式，給你拿去玩玩！」

「什麼程式？」商越有些意外。

「是用來追蹤虛擬攻擊者的工具，作者你肯定認識，就是那個貴族駭客西德尼！」劉嘯笑說，「好了，我走了，還有不少事呢！」

商越當即臉色變了變，這一點絲毫沒有逃過劉嘯的眼睛。劉嘯想來想去，覺得還是商越的可能性最大，上次沒試出什麼，今天總算是試出了點破綻，不過他什麼也沒說，笑著拉上門走了。

商越等劉嘯一走，便拿起那隨身碟打量著，心裏暗自納悶，難道自己偷著去報復F國的事，被劉嘯知道了？可這個追蹤程式又是怎麼回事呢，劉嘯為什麼要拿這個給自己看呢，這和自己有什麼關係？

想了半天想不明白，商越便拿著隨身碟進了實驗室，在一台電腦上安裝好那裏面的程式，然後又從另外一台電腦上使用虛擬攻擊去進攻，就聽那邊的電腦開始嗶嗶報警。

商越有些意外，便扔下這台電腦走了過去，於是看到那台電腦上軟體顯示出的介面：「正在拆解虛擬資料封包！」「正在……」

等到最後，彈出一個顯示結果，「已鎖定攻擊者真實位置，區域網電腦，IP位址為：92.168.C.121」

商越不禁「呀」一聲，自己剛才已經把攻擊源虛擬成了一個門戶網站，怎麼這個東西還能把真實的攻擊源復原出來呢，虛擬攻擊是沒道理被追蹤到的啊！

「啊！」商越又是一聲驚叫，她終於有點明白劉嘯給自己看這東西是什麼意思了。

昨天晚上，商越和平時一樣，又跑去F國的伺服器攪渾水，誰知道剛進去那台伺服器，電話就響了，是一個好久沒有聯繫的朋友打來的。

這一接電話，商越就犯了一個駭客最忌諱的大錯誤，她談得興起，竟把攻擊的事給忘了，也沒有從那台伺服器上退出來。

等她後來想起來時，趕緊掛了電話，回到電腦前一看，卻發現自己和那台伺服器的連結已經中斷。

當時她還納悶，不知道是怎麼回事。後來想了想，商越覺得可能是那台伺服器突然重新啟動，才導致了連結失敗，因為她覺得不可能是其他原因，在她看來，虛擬攻擊是不可能被人發現的，也不會被追蹤到真實的連結。

現在一看，商越就知道自己錯了，至少這個西德尼就知道該怎麼去追蹤虛擬攻擊，他已經不是半年前黑帽子大會上那個只會攻不會防的傢伙了。可這個東西怎麼會落在劉嘯的手裏呢？

「不行！」商越關掉電腦，然後直奔劉嘯辦公室去，她得問個清楚。

第五章　成人之美

劉嘯道顧振東心裏肯定還有其他打算，可能是想借這個機會提高華維的聲勢，鞏固一下自己在國內的頭把交椅位置。劉嘯想，這也是無可厚非的，於是道：「好，我到時候一定去！」成人之美的事，劉嘯是很願意做的。

劉嘯正在接電話，看到商越進來，示意她先坐下等一會兒。

「那東西到底是怎麼回事？你從哪裡弄到的？」等劉嘯一放下電話，商越便走上前問道。

「我說了，你可不能把我給賣了啊！」劉嘯看著商越笑說：「我是從F國總統府網站的伺服器上弄來的。」

商越一聽，便急急問道：「昨天晚上嗎？那把我踢下線的，是不是也是你？」

劉嘯點了點頭，然後拉開抽屜，又掏出一張光碟：

「別的我就不說了，我知道你是為我報仇，這張光碟上，是我關於虛擬攻擊的一些研究結論，你看過之後就把光碟毀了。記住，以後不許再這樣做了！我被他們綁架了，你著急，我知道，也能理解，可駭客從來就沒有絕對的安全，要是你把自己栽進去了，那我除了著急外，還會自責，甚至是愧疚，你明白嗎？」

商越半天沒說話，看了劉嘯半天，「對不起，我給你添麻煩了！」

「瞎說！」劉嘯站起來，把光碟放到商越手裏，「那我被人綁架的時候，你是不是也認為我給你們添了麻煩？」

「沒有！」商越急忙搖頭。

「那不就對了！」劉嘯笑著拍拍商越的肩膀，「我們之間，沒有麻煩這一說！其實F國一出事，我就想到是你做的，可我不敢確定，你也從來沒說自己會虛擬技術，要是早知道你會虛擬技術，也就鬧不出這事了！」

商越不知道自己該說什麼，也真難為劉嘯了，這幾天他都在時時盯著那邊的情況，就是防備著自己被人追蹤到，這可比他直接去報仇還要費勁。

「我……」

「好了，不用說了！」劉嘯笑說，「你等著吧，等我這幾天把手上的事忙完，看我怎麼收拾他們。」

「那你小心啊！」商越一陣緊張，「他們可是請到了西德尼！」

「一個西德尼，我還沒放在眼裏！」劉嘯說，「好了，你也趕緊忙去吧，我收拾一下資料，還得到市政府去一趟，今天他們有個會，咱們的那個項目能不能拍板，就看今天了！」

蘭登垂頭喪氣地站在負責人辦公室門口，喊了一聲「報告！」

「進來！」裏面傳來負責人的聲音，蘭登便推開門，道了一聲：「將軍！」

「蘭登，坐！」負責人抬頭看了一眼，示意蘭登坐下說話，自己又繼續忙著手上的工作了，嘴上問道：「西德尼那邊有消息沒？入侵的駭客抓到了嗎？」

蘭登道：「將軍，我有件事要報告！」

「說！」負責人仍然忙著自己手裏的工作。

「是關於昨天我們情報部網站被駭的事！」蘭登頓了頓，「安全專家已經有了結論，攻擊者並不是來自中國，而是D國！」

「什麼？」負責人終於放下了手裏的工作，抬頭看著蘭登，「那些專家沒有弄錯？」

「不會錯的，這個結論得到了西德尼先生的支持！」蘭登看著負責人，「將軍，有人故意想看我們的笑話！」

「啪！」負責人 拍桌子，站了起來，臉上露出一絲怒氣，「混帳，這幫傢伙就知道趁火打劫！」

「還有一件事！」蘭登看著將軍，「我們所有政府公告網站的伺服器上，都被人放置了監控軟體！」

「呃……」負責人睜大了眼睛，這個消息太驚人了，雖然那些網站上不會有什麼重要消息，但好歹是政府的門面，這消息要傳出去，影響就太壞了。

「好在這些監控軟體不是什麼間諜軟體，是用來監測虛擬入侵的，不過這個駭客顯然是太厲害了，他在我們毫無察覺的情況下把這個軟體安裝了進去，要不是西德尼先生提醒，我們可能永遠都不會知道這件事！」蘭登語氣中全是喪氣。

「有這種事？」負責人有些納悶，誰會裝這種工具呢，總不會是誰在幫政府守著這些伺服器吧？可這也不對啊，既然有人守著，為什麼攻擊者還能用虛擬攻擊駭了政府網站上百次呢。

「將軍！」蘭登看出了負責人的困惑，「西德尼先生本來已經抓到了那個攻擊者，正是這個裝檢測軟體的超級駭客，在關鍵的時刻幫助攻擊者脫了身，他們應該是一起的。」

「哦！」負責人明白了是怎麼回事，眉頭卻鎖在了一起，一個攻擊者已經折騰得全國上下沸沸揚揚，夠自己頭疼的了，如果再多一個，那狀況就更不好說了，「西德尼呢？他有沒有說下一步該怎麼辦？」

「西德尼先生一個小時後就會離開我們的城市！」蘭登頓了頓，不知道該怎麼說、要不要說。最後一咬牙，道：「對方的身後還有一名超級駭客，西德尼說自己不是這個超級駭客的對手，有這個超級駭客插手，西德尼就抓不到那個攻擊者，所以他已經放棄了。」

「還有一名？超級駭客？」負責人簡直懷疑自己聽錯了，這個世界上哪來這麼多超級駭客啊?!

「我親眼目睹的！」蘭登點了點頭，「這個超級駭客反入侵了西德尼的電腦，警告西德尼不要插手這事，而且是指名道姓的警告，他知道我們請來西德尼的事情！」

壞消息一個接著一個，讓負責人不禁有些惱火，「我要結論，這到底是怎麼回事！」

「我的結論是，那個在我們伺服器上安裝監測軟體的駭客就是劉嘯，這很符合他的行為作風，一定是他的朋友替他打抱不平，而他似乎還沒拿定主意怎麼解決這件事情，所以才會這樣！」蘭登說完，看著負責人，等著負責人的結論。

負責人問道：「那那個想看我們笑話的D國呢？」

「我們曾有一次在D國行動，讓D國的情報人員栽了大跟頭，我想這次他們是借機報復罷了！」蘭登說道。

負責人在屋子裏踱了兩圈，雖說不上是氣急敗壞，但也差不多了，怎麼倒楣的事全湊一塊了。

「將軍！」蘭登看著負責人，「我認為這些事情並不難解決，所有問題全是因為我們退掉了軟盟的產品而引起的，只要我們重新裝配軟盟的產品，別人就是想看我們的笑話，他也沒有那個能力！」

當初是自己非要退掉軟盟的產品，最後成功說服了國防部，現在如果自己又跑去找國防部，說要重新訂購軟盟的產品，那自己成什麼人了？

「這件事操作起來其實並不麻煩！」蘭登知道負責人的顧慮，「我們可以暗地裏從別的國家，甚至是從別洲的國家來調貨，只要事情不曝光，國防部的面子就能過去，他們會同意的。相比起來，他們更不願意看到國防部的網站天天被人駭著玩！」

負責人長長嘆了口氣，事情怎麼會弄到這個地步呢，以前軟盟沒有造出策略級產品前，也沒見過有這麼厲害的駭客啊，這世界到底是怎麼了？

蘭登說那攻擊者不是劉嘯，負責人打死也不信，這就是劉嘯幹的，他這是在拿鈍刀子割自己的肉，他要慢慢折磨自己。

「將軍……」蘭登看著負責人，他得讓負責人趕緊做出決定，局面不能再這樣繼續下去了，再下去，可能故意搗亂的就不止是D國一家了。

「好了，這事我知道了！」負責人一抬手，打斷了蘭登的話，然後緩緩嘆了口氣，「我會和國防部那邊溝通的！」

「那我先告退了！」蘭登總算鬆了口氣。

劉嘯剛從天晶大廈走出來，準備回軟盟總部，結果就被電視台的記者給圍住了，「您好，劉總，能問你幾個問題嗎？」

記者都追到了這裏，劉嘯以為是問招聘的事呢，於是道：「好，你請問！」

「我們知道，軟盟和市府合作啟動了一個大項目的研究，能不能談一下該項目的具體情況呢？」記者看著劉嘯，「這個項目大概要花費多少錢？需要多長時間能夠完成？」

「等等！」劉嘯及時刹住了那記者的話，「是誰告訴你這個消息的？」

「是這樣，我們市台和市府有新聞上的合作協議，所以……」

「沒有這回事！」劉嘯打斷了對方的話，「你的消息可能錯了！」

「呃……」記者頓時傻了，「這個可是市府辦公室主任親自說的，我們的新聞都已經播了，而且報紙也報導了，怎麼可能會是假的？」

記者也懵了，難道市府還沒有通知軟盟嗎？

「什麼時候報導的？」劉嘯急急問道：「是哪家報紙？」

「海城新聞啊，昨晚就播了，到現在大概重播了六遍吧！」記者沒有提是哪家報紙。

劉嘯當即覺得頭痛不已，市裏只說這幾天拍板，但自己從上次的會上已經看出來了，調子都定了，只是程序的問題而已，可他忘了囑咐一句，這事千萬得保密，不能宣揚。

劉嘯是被那些對手給搞怕了，他們可是時時刻刻盯著軟盟呢，沒想到市府又把這個當作是一個執政為民的政績給宣傳出去，這下可麻煩了。

劉嘯掏出手機，往自己的車子走去，他得趕緊想辦法彌補！

「劉總，劉總！」記者看劉嘯走了，就有些急，「說兩句吧，就兩句！」

「我無話可說！」劉嘯看著那記者，「我再說一遍，你們的消息有誤，沒有這回事！」說完鑽進車裏，劉嘯就開始撥市長的電話。

「我是劉嘯！」劉嘯直接開門見山，「剛才有記者來問我們合作項目的事……」

「這事啊！」市長便笑了起來，「這事市裏已經定案了，我正準備要通知你呢！」

「還通知什麼啊！」劉嘯捏著發痛的額頭，「電視台和報紙都給報導出去了！」

「哦？」市長很高興地說，「這次他們的宣傳力道不錯嘛，很及時！」

「我的市長！」劉嘯都不知道該說什麼了，頓了頓道：「難道你忘了之前海城十分鐘的事了嗎？在我們的這個體系還沒有建成，並且經過嚴格檢測之前，這事絕對不能外泄，知道的人越多，對海城網路的威脅就越大！這麼說吧，盯著海城網路的人很多，盯著我們軟盟的就更多了，不管是他們想看熱鬧，還是想盼著我們的這個合作失敗，只要聽到這個消息，他們都不會無動於衷的！」

「呀，那怎麼辦？」市長一聽劉嘯這麼說，也有些擔心了，這不是自己給自己捅婁子嘛，「以前這些電視台的反應總是慢半拍，這次也不知道是怎麼了！要不我讓市府責令他們發個更正通知？」

「唉！」劉嘯嘆氣，「算了，潑出去的水怎麼可能收得回來？你讓我想想，等我想到了主意，我再告訴你！這次也怨我，沒有提前叮囑你一聲！」

劉嘯看到手機又有電話打進來，是商越打的，便不想再和市長做什麼糾纏，反正大錯已鑄成，再抱怨也沒用。

「行行行！」市長忙答應著，「那我就讓他們不許再報導了，到此為止！」

掛上市長的電話，劉嘯把商越的電話接進來，「怎麼了？我正在回公司的路上，馬上就到！」

「我們最近的訂單有些奇怪！」商越報告著她的發現：「早上我把最近這幾天的訂單做了一個統計，發現有好多代理商訂了單機啟動授權的產品，數量都不是很大，但從代理商的訂單來看，都是一些小國的訂單，我覺得有些問題！」

「單機啟動？」

劉嘯有些納悶，防火牆就是為了防止來自網路的入侵行為，所以都有網路環境，軟盟當時設定需要網路來啟動授權，只是後來黃星那邊提出了這個要求，軟盟也為了豐富產品種類，便設計了單機啟動版本，但除了供給黃星的一批外，就再沒有賣出去過。

「你是怎麼想的？」劉嘯問道。

「這些小國以前從沒下過訂單，他們的互聯網資源非常匱乏，就算安全等級提升上去，也沒有什麼實質性的價值，我想這可能是有人在暗地裏裝配我們的產品！」商越分析說，「他們不想我們知道他們是誰，所以採用這種方式來分散我們的注意力。」

「你認為是F國嗎？」劉嘯問，他已經猜到了商越心裏的想法。

「對！」商越應道：「確實有這個可能！」

「沒關係！讓業務部告訴那些代理商，就說目前供貨緊張，只優先提供網路啟動版本，單機版本訂單也接，但供貨的期限很難保證！」劉嘯笑說，「那幫傢伙想用咱們的產品來和咱們鬥，鬥都沒有，好不容易才讓他們退了訂的！」

商越「哦」了一聲，有點明白了，怪不得上次劉嘯要設下那麼一個奇怪的攻擊圈套，原來他的目的就是要讓對方退訂，退了之後，麻煩就來，等你再想回來重訂的時候，就是劉嘯下狠手的時候。他說的所謂計策，不會就是指這個吧！

遠在F國的情報部，果然是手眼通天，雖然在中國的情報網被端掉了，但該知道的消息還是一條不落。

理查領著資訊作戰科的少將敲開了負責人辦公室的門，「將軍，我們的機會來了！」

負責人此時正頭疼著呢，因為剛才蘭登來報告，說通過暗地裏管道訂的那些貨，可能很難到貨，軟盟似乎是有所警醒，收下了訂單，卻沒說供貨的日期，搞得自己在國防部左右為難，駭客抓不到也就算了，那個有網安部頂著，可自己在防火牆的問題上前後反覆，才導致了這種被動局面，實在是說不過去。

「什麼機會？」負責人有些提不起精神。

「剛剛得到海城的消息，軟盟和海城市府合作搞了一個安全體系的項目，我諮詢了網路作戰科的巴尼少將，這是一個超大型項目，在執行期間，會出現各種各樣的毛病，我們可以利用他們這次合作中出現的問題擊垮軟盟！」理查顯得很興奮，「巴尼少將對中國的網路非常有研究，具體怎麼做，由他給你說明！」

負責人便有些生氣，這個理查還真是個廢物，在自己家丟人也就算了，現在還把網路作戰科拉進去，生怕別人不知道自己露怯還是怎的，堂堂一個國家部門跑去和一個駭客較勁，這傳出去，情報部的臉還要不要了。

負責人一抬手，「這件事情剛才蘭登已經給我彙報過了，我正在考慮，以後再說吧！」負責人說完，看著巴尼少將，「少將先生，我現在考慮的事情，是如何提高我們自身網路的安全防禦能力，不知道你對於防止虛擬攻擊，有什麼高見？」

巴尼少將立刻傻了，這自己還真沒有辦法，這負責人真是說話帶刀，這明顯是說自己管得太寬了，自己那攤子事都還管不過來，還有心思過來折騰別人的事。

巴尼少將吃了個癟，心裏就很不高興，道：「我想起來了，我今天還有一個關於防範虛擬攻擊的課題報告，我得趕回去了，聽完報告，我會來向將軍你彙報的！」

負責人不置可否，哼了一聲，那巴尼少將便離開了。

理查站在原地摸不著頭腦，負責人這是什麼意思啊，這多好的一個機會，怎麼就不搞呢！

「理查！」負責人皺眉看著理查，道：「以後軟盟的事，你就不要再插手了，專心做好你的情報組織工作！」

軟盟的招聘工作逐漸接近尾聲，成果讓劉嘯非常滿意，這次網羅到了國內不少的高手，有經驗豐富的專案經理，也有單打獨鬥的獨行俠，基本上都是在國內圈子裏能排上號的人物，這一下大大充實了軟盟的技術實力。

不過軟盟倒也不急著讓這些人馬上去創造利潤，整天和市府的網管在一起接受培訓，順便熟悉軟盟的規章制度。

其實軟盟的工作制度是非常有彈性的，只要不是太過分，也不會影響到他人，一般是不會被干預的。但軟盟在行業道德規範上卻非常嚴格，一旦發現有員工暗地裏搞黑色收入，軟盟的懲罰措施是非常嚴厲的，劉嘯是怕軟盟又回到老路上去，再發生吳非凡之類的事。

至於新聞報導的事，劉嘯也想不出什麼好辦法，事情已經發生，再想什麼補救措施都來不及了，現在也只能走一步算一步了。

李易成突然給劉嘯來電話，提前告訴了劉嘯一件事：

「劉嘯，雷城準備舉辦互聯網暨軟體技術高峰會，到時候會邀請很多企業前來參會，因特爾之類的國際巨頭已經答應派高層過來，高峰會是由華維負責承辦的，所以一些和華維有業務合作的大型營運商也會來參加！」

劉嘯納悶，不知道李易成是什麼意思，「這和軟盟似乎沒什麼關係吧，我們主要是做安全產業！」

「怎麼沒關係！」李易成說著，「你不是招募了很多的技術人才嗎，你總不會也讓他們做安全吧？再說，你做的是網路安全，怎麼能說和互聯網沒關係呢！」

劉嘯「哦」了一下，自己怎麼把這個給忘了呢。

「這件事我是剛知道，估計華維這兩天就會給你發請柬，這可是軟盟的一個好機會，你可要抓住了，為你的新業務好好宣傳一下！」李易成在電話裏說。

「哪有什麼新項目！」劉嘯苦笑，「其他行業內的競爭比安全行業更加激烈，想要搞得比別人好，也不是那麼容易的事，我現在並沒有具體的發展計畫，只是先把人才網羅到手，只要有人才，好的項目遲早會有的！」

「我看你這次招聘人才來勢洶洶的，以為你是要搞什麼大項目呢！」李易成沒想到劉嘯會是這個打算。

「走一步看一步嘛！」劉嘯笑說，「謝謝你告訴我這件事！」

「客氣什麼，就算我不說，華維也肯定會告訴你的，我不過是比他們先了一步罷了，哈哈！」李易成說完，道：「好，不說了，我得去忙了，那我就在雷城等你過來啊！」

劉嘯剛放下李易成的電話，果然，顧振東就打電話來了，就是說這個事的，讓劉嘯參加這個高峰會，而且還得有個主題演講。

劉嘯有些納悶，「顧總，好好的，怎麼突然想起辦這個高峰會？」

「呵呵！」顧振東笑說，「雷城的情況你也知道，是新興城市，就是靠著政策好，才會迅速崛起，並聚集那麼多的優秀科技企業，可近幾年其他城市的政策也跟上了，雷城的優勢便不那麼明顯。特別是今年，封明一下搶走了許多企業，那些企業，雷城以前可是跟了很久了的。所以市裏就想搞這麼一個活動，把國內國外的這些高新企業都請到一塊聚一聚，一方面給大家尋求合作創造一個平台，一方面也是宣傳一下雷城這座城市！想來想去，市裏就選中了華維，大概是覺得華維的牌子大一些吧！呵呵。」

「這樣啊！」劉嘯算是明白了，可他知道顧振東心裏肯定還有其他打算，他做這個承辦方，可能是想借這個機會提高華維的聲勢，鞏固一下自己在國內的頭把交椅位置。

劉嘯想，這也是無可厚非的，於是道：「好，我到時候一定去！」成人之美的事，劉嘯是很願意做的。

「好，那我就在雷城等你！」顧振東又說，「上次我們定的那個計畫，我還想跟你商量商量呢！」

「好，我也好久沒見顧總了！」劉嘯笑說，關於計畫的事，他也想跟華維商量呢。

F國的情報部此時正在開例行會議，匯總各方面的情報。

會議進行到最後，蘭登站了起來。

「之前我們在中國的情報網被全盤破壞，按照早就準備好的預備方案，我們隨即派二號人物進入中國，負責重新組建情報網，可昨天二號人物報告，說他的行蹤已經完全被人掌握！」

「那讓他回來！」負責人皺眉，「這次中方把視線全放在我們身上，我看重建情報網的工作，得重新設計一套更為隱蔽的方案，之前的方案全部作廢！」

「這次不一樣！」蘭登看著將軍，然後舉起一份文件，「這是二號人物昨天發給我的東西，大家看看吧！」

大家輪著看完便都不說話了，全是一臉的納悶，這是怎麼回事啊，文件上就一句話：「我在盯著你！」然後下面有一個狼頭標記，看這狼頭的樣子，似乎和上次在劉嘯那堆破爛裏看到的狼頭有幾分相似。

蘭登嘆了口氣，「我們做情報的第一條，就是隱蔽和偽裝，可這東西什麼時候到了二號人物的口袋，自己都不知道！」

「你說，這會是什麼人做的？」

負責人有些疑惑，這倒像是黑社會的行事風格了，完全不上台面嘛，要是真是中國的情報部門，他們如果確認你是間諜，肯定是不會打草驚蛇的，他們會一直監視你，等拿到證據便一鍋端掉。

「這個狼頭標誌我讓技術人員做了比對！」蘭登看著那狼頭，「大家看起來，會覺得和我們上次看到的那個狼頭似乎有些不一樣，其實這是因為複印出來變得失真，這狼頭的線條、紋理、走勢，和之前那個狼頭九成以上是一樣的，所以我敢斷定，這很有可能是軟盟做的！」

「怎麼可能！」理查第一個不同意，「軟盟的背景我們調查得一清二楚，他們是做安全技術的，怎麼可能會對我們的行動和人員做到如此瞭若指掌呢！」

理查這次倒是為軟盟說起話來了。

「還有一種可能！」蘭登環視了一下眾人，「有人故意這麼做，想激化我們和軟盟之間的矛盾，不過這種可能我想你們更不願意接受！」

眾人無語，不管哪種可能，大家都不願意接受，一個情報部門，所有的一舉一動被人知道得一清二楚，這還叫情報部門嗎？簡直就是一個花鳥市場，是個人都可以進來，這還要情報人員幹什麼啊。

負責人半天沒說話，再離奇的事情，情報部都能遇到，但像今天這種不在自己掌控之中的意外事件，還是頭一回碰到。情報部等於是一個國家的眼睛、耳朵、鼻子，是一個國家的觸角和神經系統，可現在一切感覺都那麼遲鈍，反而成為別人眼皮底下的獵物，這是情報人最大的恥辱。

「蘭登！」負責人站了起來，「這件事情，一定要查清楚，要給我一個明確的答覆！」

「是！」蘭登答應著，心裏卻暗自叫苦，這東西怎麼去查？軟盟不會告訴你的，現在也不能安排自己的人到中國去調查軟盟，要調查也只能從第二種可能查起，但這種可能實在是太小，那個狼頭標誌，只有情報部為數不多的幾個人見過，外人不可能知道啊。

想到這裏，蘭登突然想起了一個人，戴志強，這個人見過那個狼頭標誌，而且還知道狼頭的來歷，可情報部和他無怨無仇的，他沒必要這麼做吧，而且OTE的行規很嚴，應該不會做出出賣客戶資料的事。

「還有什麼要報告的事嗎？」負責人看著眾人，準備散會了。

「還有一件事！」蘭登趕緊說道，「我們調的那些貨，軟盟還是沒有給出交付的日期，現在國防部和網路安全部門已經催我好幾次了。那個虛擬攻擊的駭客是沒再來了，可有一些想看我們笑話的人，三番四次來搗亂，現在國內的網路安全壓力非常大，我也想不出再好的辦法了！」

蘭登看著負責人，想看看他還有什麼更好的辦法。

負責人很頭疼，他終於明白為什麼以前軟盟沒推出安全產品之前，大家的網路安全壓力並不大，出了這款策略級產品，反而壓力變大了，那是因為以前大家都有所保留，駭客講究一擊致命，如果不是有非要得到不可的東西，他們是輕易不會拿出壓箱底的手段。可現在策略級產品成了新的安全標準，以後再要一較高下，也只能是針對這個策略級產品來，大家以前準備好的那些壓箱底的手段，也只能壓死在箱底了。

這些人心裏有多不甘啊，好不容易逮著F國這麼一個機會，那還不得使勁把自家箱子裏的東西使出來。

「你去找F・SK的人！」負責人終於開了口，「找他們下訂單，只是不能說是我們訂的！」

「好！」蘭登點頭，現在也只能這麼辦了。

其實自己早就想這麼做了，和劉嘯鬥不能著急，他們一開始就犯了個大錯，你都不是人家客戶了，那人家對你下起手來自然就不會有什麼顧忌，但你只要一天還是他的客戶，他下手的時候總得考慮一下後果，看會不會影響到自己產品的銷售。

「最重要的，趕緊弄清楚這張紙是怎麼回事！」負責人很不客氣地叮囑了一句，然後面色鐵青地朝門口走去，「散會！」

蘭登盯著桌上那張紙，想起剛才想到的戴志強，趕緊朝自己的辦公室走去，他得聯繫一下戴志強，該核實的還是要核實一下的。

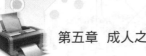

戴志強連問了幾次，才算弄清楚給自己打電話的是誰。

「原來是F國的蘭登將軍啊，你找我有事嗎？」

「我有件事情想請教你！」蘭登說。

「前幾天你們的人打電話，讓我過去幫你們應付網路安全的事，我當時不就說得很清楚了嗎，你們要是不把安全措施升級，就是我去了也沒用！」

戴志強以為蘭登又要自己過去收拾爛攤子呢，就把話說在了前面。

「不是這件事！」蘭登趕緊解釋，「我們認為戴先生的建議很好，所以這幾天已經啟動了安全措施的升級方案，相信很快就能佈署完畢！」

「哦……」戴志強有些納悶，那找自己什麼事呢，F國的事情自己也很清楚，就是先被一個神秘駭客連續駭了上百次，接著又是被一幫人惡搞，自己可不想去接這個燙手山芋。

「不知道戴先生還記不記得，你上次在我們這裏，曾經看到過那個殺破狼的狼頭標記！」蘭登問。

「是有這事！」戴志強納悶，「怎麼了？這狼頭有問題嗎？」

「狼頭沒有問題，就是我想問一下，這件事戴先生還有沒有跟別的什麼人提起過？」

「沒有！」戴志強回答得很乾脆，「我只負責解決問題，其餘的事情我不感興趣！」

「那戴先生對這個狼頭瞭解有多少？」蘭登想從戴志強這裏套點有用的情報，「你認為會是誰在使用這個狼頭標記？是殺破狼本人？還是別的什麼人？」

戴志強更納悶了，反問道：「你們是做情報的，似乎你們應該比我清楚吧！」

戴志強可不想成為別人收集情報的工具，再說，OTE也沒這項業務啊，就算是自己知道，也不會說的。

蘭登尷尬地說：「我就是順便問一下，因為我覺得這個標記出現得太突然，殺破狼消失了那麼長時間，現在突然出現，這裏面會不會有什麼問題呢？」

戴志強知道蘭登這是在拿話套自己，於是道：「這個我實在不知道，回頭要不我去請示一下總部，看他們知道不知道？」

蘭登立時就癟了，「我只是隨口問問，沒必要，沒必要！」說完，趕緊掛了電話，看來想從OTE找點線索，是沒有什麼希望了，可自己要去哪裡找線索呢？

蘭登隨後又去聯繫了F．SK，問完之後更讓自己生氣，因為F．SK說最近貨源緊張，暫時不接受新訂單。蘭登只好把電話打給一位和F．SK關係很好的議員，讓議員去斡旋這個事，議員倒是說服了F．SK可以接下訂單，可價格卻是之前的三倍。

蘭登氣得都快吐血了，這才不到半個月的時間，價格就漲了三倍，就算能拿到貨，國防部的人也肯定不會答應。情報部先說服國防部退訂，再忽悠國防部續訂，難道是嫌國防部的錢多得沒地方花，非得買個貴的不成？

「頭疼啊！」蘭登捏著自己的額頭，自己已經是豁出去不要情報部的臉面了，可架不住到處都是落井下石、趁火打劫的人啊。現在可怎麼辦呢，別說對付劉嘯了，光是這些看熱鬧看笑話的，都已經快把自己折騰個半死了。

第六章　駭客獨奏曲

「『獨奏曲』你們聽過吧？」負責人笑呵呵地看著眾人。

眾人差點沒暈倒，獨奏曲又不是什麼稀奇的東西，別說是獨奏曲，就是交響樂、大合奏，眾人也都聽過啊，這跟關鍵人物有什麼關係呢？

劉嘯正在辦公室裏皺著眉發呆，他在思考著過幾天到了雷城，自己應該發表一個什麼樣的演講，既然已經答應了顧振東，就得給人家把這個事辦好。

前台美眉跑來敲門，「劉總，那個叫約翰的老外又來了！」

劉嘯的眉頭皺得更緊了，這個老外又跑來幹什麼，於是道：「人呢？」

「在小會議室！」

「好，我這就去！」劉嘯扔下自己的演講稿，起身往門口走去。

「劉先生，你好！」約翰看見劉嘯進來，站了起來，「沒打擾到你吧！」

「沒事！」劉嘯一擺手，「你坐！約翰先生今天過來，是不是有什麼重要的事？」

「重要的事倒是沒有，就是湊巧路過，上來向你道謝！」約翰笑說。

「道謝？」劉嘯有些納悶，問道：「這話怎麼說？」

「一是要謝謝劉先生上次的指點，你讓我們接受了F國的退訂，果然不出你所料，他們又跑回來要續訂，這次我們給他開出了三倍於標準價格的數！」約翰笑得臉都樂開了花，「第二，是謝謝劉先生能夠切實保護我們這些代理商的利益，我知道，F國利用外交手段，曾經秘密想從其他國家調派一批貨過去，但他們沒料到劉先生目光如炬，早就識破了他們的伎倆。」

「哦，是這事啊！」劉嘯明白了，道：「這事是我們應該做的，不足言謝！」

「要謝，要謝！說實話，我非常佩服劉先生這種公平公正的做事風格！」約翰看著劉嘯，「能夠和你這麼一位講道義講原則的人合作，是我們的榮幸！」

劉嘯有點摸不著頭腦，不曉得約翰今天專門來拍自己馬屁是什麼意思，F‧SK的人可是恨不得自己去死啊，這太反常了，劉嘯臉上笑著，心裏卻是七上八下，這些洋毛子不會又是想出什麼招要來陰自己吧。

「為了表示我對你的敬佩，也為了感謝你的公正無私，我在國際飯店訂好了晚宴，請你務必要賞光！」

「吃飯？」劉嘯想了一下，也好，順便再看看這傢伙到底想耍什麼把戲，「怎麼好意思讓你破費呢！」

「那劉先生這就是答應了？」約翰看劉嘯沒有反對，便站了起來，「太好了，太好了！那我就不打擾你了，先告辭了，晚上我再派人來接你！」

送走約翰，劉嘯徹底懵了，他大老遠跑來，真的就只是為了道謝？劉嘯不敢相信這是真的，自己從來沒打算做到什麼公平公正，也從來沒想過要幫F．SK，自己之所以這麼做，完全是讓F國給逼的，這幫傢伙在封明差點要了自己的小命，自己要讓他們活得不舒服，就這個目的而已。

不過約翰這麼一說，倒是提醒了劉嘯，F國的這單生意，絕不能讓F．SK給做成了，三倍的價格啊，這得是多大的利潤啊，就算F國不追加訂單，F．SK也能憑這一單迅速回本，等他們收回了成本，可就不會像現在這麼老實了，說不定還真會再搞出什麼小動作來。

「不行！」劉嘯的嘴角翹起一個壞笑，「就算你們來謝我，老子也不能讓你們揀這個便宜！今天老子也破回例，給你來個『飯照吃，酒照喝，就是不辦事』！」

劉嘯這也算是歪打正著，其實約翰跑來道謝，還真沒有什麼別的目的，純粹就是道謝，感謝劉嘯給F．SK創造了這麼好的一個快速回本的機會。約翰知道劉嘯不會真拿F．SK當合作夥伴，所以就怕劉嘯到時候又在供貨上卡住自己，所以提前來表表「忠心」，好麻痺麻痺劉嘯。

劉嘯跑回辦公室，撥了顧振東的電話，直接就道：「顧總，現在有筆好生意，不知道你做不做？」

「砰砰！」傳來兩聲敲門聲，蘭登放下手裏的工作，「請進！」

「蘭登，我有個重要的訊息要告訴你！」進來的人是理查。

「哦？」蘭登很意外，理查對自己一直很有意見，在自己印象中，理查似乎是第一次到自己的辦公室來。

「Nell公司你知道吧？」理查像是打了雞血一樣興奮，幾步走到了蘭登的辦公桌前。

蘭登點了點頭，「知道！Nell是國內排名第三的一家電信商，他們怎麼了？」

理查掏出一份文件，擱在了蘭登的辦公桌上，「這是海關傳來的文件，Nell公司從中國運來了一批貨，海關在檢查的時候發現，這批貨裏面竟然有一百七十多套軟盟的策略級產品！」

「什麼？」蘭登站了起來，「你這消息確實？」

「絕對確實！」理查拍拍桌面的文件，「海關的消息，那還有假？」

「奇怪！」蘭登捏著下巴，「軟盟的策略級產品在歐洲是由F・SK獨家代理的，所有的產品都必須由軟盟發給F・SK，然後再由F・SK發給訂貨商，Nell公司又怎麼可能直接從中國把產品拉回來呢。要知道，這產品是需要網路驗證的，通不過驗證的話，拿回來也是個廢品！」

「兩種可能！」理查笑說，「一是軟盟在走私自己的產品，要知道，他們和F・SK曾經是對頭冤家，軟盟不會讓F・SK在歐洲就這麼輕鬆自在地把錢賺到手；第二，Nell公司不是從軟盟拿的貨，他們有自己的進貨管道，而且有辦法能通過這個網路驗證！」

蘭登點頭，理查這次倒是分析得頭頭是道。

「理查，你親自去Nell公司問一問，看看他們的策略級產品到底是從哪裡弄到的，還有，他們弄來幹什麼？這些產品到底能用不能用！」

「好，我這就去！」理查說，「放心，這次我一定把這事辦好！」

蘭登笑笑，「那就麻煩你了！」

把理查送走，蘭登心裏不禁看到一絲希望，要是Nell公司真有這個管道的話，那一切問題都將迎刃而解，自己不用再求F・SK，也不用再怕那些看熱鬧的有心人，唯一需要擔心的，就是軟盟突然把這個管道給堵住了。

一個小時後，理查回來了。

「怎麼樣？」蘭登急忙問道：「弄清楚了沒？」

理查先給自己倒了杯水，然後一口氣喝完，緩了口氣才道：「弄清楚了！」

「快說，怎麼回事？」蘭登都快急死了，理查倒是慢悠悠的。

「是這樣的！」理查一頓，「Nell公司的策略級產品還真的是正版貨，而且絕對能用，我親眼看見那些產品通過了軟盟的授權驗證，現在運作正常！」

「說下去！」蘭登催說，「他們的貨是哪裡來的？」

「Nell公司和中國的華維集團是戰略性合作夥伴，華維你知道吧？」理查看著蘭登，然後繼續道：「這個華維集團，和軟盟也是戰略合作夥伴，軟盟策略級防火牆的硬體部分，就是由華維來做的，甚至他們的產品，也是在華維的工廠裏完成最後的組裝製作，他們的所有成品，全都是從華維的生產車間發出來的。」

「Nell的貨是從華維搞到的？」蘭登問道。

「是！」理查點了點頭，「Nell公司的負責人告訴我，最近國內的網路安全有些嚴峻，他們便有些擔心，他們知道華維是軟盟的合作夥伴，於是想托華維去問問軟盟，看有什麼好的應對辦法，結果華維就把這個事給攬下來了，說只要裝配了軟盟的策略級防火牆，就可以保障電信平台的安全運轉。」

「那貨到底是怎麼回事？」蘭登關心的是這個，「國防部宣布退訂之後，因為有安全嫌疑，F．SK可就退出了在我們國內的策略級業務啊！」

「貨是直接從華維拉過來的，沒有經過軟盟和F．SK！」理查說，「據Nell公司講，因為出售市場給代理商，導致軟盟當初承諾給華維的利潤分成計畫無法實現，所以軟盟就給了華維百分之五的放損率，其實華維出次品的機率根本不到千分之一。剔除次品之後，多出來的這些產品，華維就不用再報給軟盟了，而是由他們自行銷售，利潤歸華維所有，這等於是憑空多出來的便宜，所以華維賣得相當便宜！這次Nell公司拿到的這批貨，就是出自上次我們訂的那批貨的百分之五，華維甚至都不必再更改授權！」

「原來是這樣！」蘭登頷首，「看來這不是軟盟在走私自己的產品，而是華維在兜售那百分之五的次品！」

「不是次品，次品都被剔除了！」理查糾正著，「這是軟盟許諾給華維的利益。」

「我明白！」蘭登不過就是打個比方說，沒想到理查還真較真。

蘭登原地踱了兩圈，看來自己要從華維弄來大量的產品不太切實際，百分之五啊，那得湊多少訂單，才能湊出這部分產品啊，而且還得是來自F國的訂單。

理查知道蘭登的意思，於是道：「其實要從華維弄到咱們需要的產品，並不太難，要知道單機啟動版的產品，是不需要先從軟盟得到授權的，而壓製單機啟動版的生產線就在華維，只要我們能說服華維，就可以拿到策略級產品！」

「華維和軟盟可是合作夥伴，他會背著自己的合作夥伴搞這一套？」蘭登問，顯然是覺得這個方案不太可行。

「我瞭解過了，華維其實並不是和軟盟親密無間的，在軟盟發佈策略級產品之前，華維是想做中國安全界的第一人，結果就因為軟盟的半路殺出，導致華維高達十億的投資失敗，華維最後不得不撤出網路安全領域，專心和賽門鐵克合作搞安全存儲的生意。」理查顯得胸有成竹，「我已經諮詢過Nell的老總了，之前軟盟沒壯大之時，需要華維的市場，便給華維許下承諾，只要華維能把策略級產品介紹到自己的電信營運商那裏，所得利潤，華維可以分到三成。後來軟盟又改變策略，將所有市場打包出售，交給F・SK這樣的企業去運作，這樣華維就沒了這筆收入，單這一筆，華維至少就少賺三四十億美金左右。你想想華維能夠滿意？」

「這樣啊！」蘭登思揣著，如果真是這樣的話，倒不是不可能。

「我聽Nell的負責人講，華維對此很不滿意，不過是因為現在軟盟強大了，他不好和軟盟撕破臉皮，據說，華維往很多國家的電信商那裏都販賣過策略級產品，有一些產品，根本就不在這百分之五裏面！」理查說道。

「這事不能馬虎！」蘭登心裏有種說不出的感覺，他感覺事情不會這麼簡單，和劉嘯這樣的對手過招，得防著點，「你再去核實一下，讓Nell的負責人說清楚，到底他知道有哪幾家是從軟盟拿的貨，全部核實清楚。另外，通過別的管道去中國調查一下，看看華維和軟盟之間，是否真有恩怨？」

「我明白你的意思！」理查這次也不敢馬虎了，「我馬上去把這事核實清楚！」

「同時，你讓Nell的負責人去問問華維，看他們到底有沒有能力搞到數萬套軟盟的產品？」蘭登捏著下巴，「這事要做好，千萬不能走漏了風聲！」

「我明白！」理查看蘭登再沒有什麼吩咐，「那我就去了！」

蘭登在屋子裏來回踱著，理查說的這一切聽起來似乎都是天衣無縫，沒有一絲的破綻，可為什麼自己會覺得不安呢，難道自己是被劉嘯那虛虛實實的把戲給弄得有些過於緊張了嗎？

蘭登又仔細把理查說的話前後想了一遍，還是沒有發現任何值得懷疑的地方，如果華維真和軟盟有矛盾，這一切就很正常了，就算華維和軟盟沒有矛盾，這一切還是很正常，但從Nell的這批貨上分析不出什麼來，因為這批產品只有一百多套，完全可以解釋為是那百分之五的次品。

可是問題就在這裏，軟盟為什麼要給華維這麼高的一個放損率呢？因為他欠了華維的。這又恰好說明軟盟是失信在前的，華維完全有可能對此不滿，誰願意丟掉到手的三四十億，而去暗地裏兜售那些見不得光的產品呢，而且還賣得那麼便宜，這要到什麼時候才能把那三四十億找補回來啊？

「難道這真是上帝賜給自己的一個好機會？」蘭登問著自己，如果真是這樣的話，不光是可以解決眼前的網路安全危機，甚至可以利用華維和軟盟的這點矛盾，挑撥他們，讓他們自己去鬥，等後院起火，自己再要去對付軟盟，就會容易很多了！

理查很快摸清楚了一切，跑來給蘭登彙報：「我都查清楚了，華維確實是在暗地裏向許多電信商低價兜售軟盟的產品，目前成交了的，據我剛才的調查，共有十七家，數量都不是很多，按照比例換算下來，基本都在百分之五左右！」

蘭登點了點頭，「這麼說，軟盟還真是對華維有這個優惠政策了！」

「是！」理查點頭，「而且我還查到了一些以前軟盟和華維拼鬥的資料，在他們還沒有成為合作夥伴之前，軟盟曾經好幾次讓華維的安全業務總監當眾丟臉，還破壞了華維和中國電信一項總價值達上百億人民幣的合作項目。」

「華維在電信設備領域，在全球都是佔有絕對領導地位的，我們鬥不過軟盟，或許還能解釋得過去，因為那畢竟不是我們的地盤，可華維也鬥不過軟盟，確實是有些窩囊了！」蘭登說著。

「對！」理查點頭，「我也是這麼認為！這次絕對是我們的一個好機會啊，只要能夠成功說服華維，那我們非但可以拿到策略級產品，還能坐山觀虎鬥，讓他們自己窩裏鬥！退一萬步說，就算我們不能策反華維，只要我們把軟盟縱容華維暗地裏兜售策略級產品的消息發佈出去，就夠他軟盟頭疼的了，那些代理商不會放過軟盟的！」

「唔！」蘭登沉吟著，理查說的，正是自己想的，「這事確實是個機會，不過我們還是把這事先告訴將軍，看看他的意思！」

「事不宜遲，我們現在就去找將軍！」理查早已迫不及待，他已經在軟盟上栽了好幾個跟頭，顏面全無，一直想找機會把面子扳回來。

「好！」蘭登點頭，「你把所有資料都整理好，我這就聯繫將軍！」

話音剛落，一聲「報告！」，一個通信兵推開門，「蘭登將軍，將軍請你過去，會議室開會！」

「知道了！」蘭登應了一聲，回頭看著理查，道：「剛好，那就趁著開會，把這事給將軍彙報一下吧！」

兩人一起走進會議室，發現情報部的其他幾位主要人物也都到場了，兩人到各自位置上坐定，負責人便走了進來。

看到理查時，負責人不禁有些皺眉，他對理查這段時間的表現很失望，所以這次開會並沒有通知理查。

「將軍！」蘭登站了起來，「理查今天得到一個極為重要的情報，想要跟你彙報！」

「哪方面的？」負責人看著理查。

理查急忙道：「是關於軟盟的！是這麼回事……」

「你先等一下！」負責人打斷了理查的話，然後看著眾人，「今天我突然召集大家來開會，也是為了軟盟的事！這段時間，因為軟盟的搗亂，導致國內網路安全狀況極度不穩定，而且是每況愈下，雖然我們情報部也是想盡了辦法，可也沒能將這個局面穩住。」

眾人看著負責人，不知道他說這些話是什麼意思。

「這件事呢，也引起了國防部的關注，國防部為此也想了不少辦法，我剛剛得到他們的消息，他們已經找到了一個可以解決目前問題的關鍵人物！」

負責人環視著眾人，從他的表情上能看出，他對國防部的這個關鍵人物很是有信心。

「將軍！」蘭登看著負責人，「是什麼人？」

「『獨奏曲』你們聽過吧？」負責人笑呵呵地看著眾人。

眾人差點沒暈倒，獨奏曲又不是什麼稀奇的東西，別說是獨奏曲，就是交響樂、大合奏，眾人也都聽過啊，這跟關鍵人物有什麼關係呢？

蘭登突然想起了一個人，「嘩」一下站了起來，「難道就是那個號稱『史上最黑駭客』的加里・麥金農？」

負責人笑著點頭，「蘭登不愧是博聞廣記，我說的正是這個人！」

「國防部沒有搞錯嗎？」蘭登一臉疑惑，「加里・麥金農可是被英國嚴密監視了起來，他被單獨關在一個農場，整個農場方圓兩英里內都不允許有電子設備，美國一直都想把麥金農引渡到美國受審，我們的國防部怎麼可能請到他？」

「我看大家都對這個麥金農不太瞭解，你給大家介紹一下他的情報，之後，我再解釋你的問題！」負責人笑著，他現在對蘭登越來越欣賞了，他的大腦簡直就是個電腦，什麼資料他都清楚。

蘭登無奈，只得環視了一下眾人，道：

「美國軍方的高層人物曾在公眾場合發表過一段很失身分的話，他們說要將加里・麥金農『下油鍋』，由此可知美國軍方對麥金農是多麼恨之入骨。加里‧麥金農是英國人，但同時也是美國軍方口中的『史上最黑駭客』、『迄今為止最危險軍事駭客』。此人的最大習慣，就是每天到美國的軍事電腦中去流覽一番，他進出美國軍事網就跟在自己家花園裏散步一樣容易，更讓人稱奇的是，他居然將這個習慣保持了兩年之久！」

「根據美國軍方的指控，加里‧麥金農曾經入侵過包括五角大廈、陸軍、海軍以及NASA等機密系統，甚至在這些機密系統中安裝木馬程式，以方便自己隨時進出，並從這些網路中下載各種機密檔案，包括美國的軍事調動、軍火供應資料。加里‧麥金農的攻擊還導致美方陸軍華盛頓軍區網路癱瘓，三天之內無法運轉，導致新澤西州厄爾海軍武器站的網路被迫關閉一周之久；他還搞惡作劇，襲擊了維吉尼亞州邁爾堡的陸軍電腦網路，成功盜取了網路管理員的一切許可權，然後刪除了大約一千三百個用戶帳戶，並對所控制的電腦進行加密，導致軍方失去了對這些網路的控制權！」

眾人都露出了驚訝表情，這個加里‧麥金農也太厲害了吧。

「其實讓麥金農出名並不是這些戰績，而是他從美國機密網路中竊取出來的資料，以及他獨特的駭客風格。麥金農是個UFO迷，他最初入侵美國機密網路，只是因為他發現很多關於UFO的資料，都是來自美國的機密網路，他進入機密網路，是為了尋找外星人存在的真憑實據。後來，他還真從美國的NASA伺服器上找到一張圖片，是個銀白色碟狀物，麥金農堅信這就是所謂的UFO，他認為外星人確實存在，只是很多資訊被美國軍方有意掩蓋了而已，於是他開始了更為瘋狂的入侵，去為自己的結論尋找更多的證據。」

「沒人知道他最後到底有沒有找到外星人存在的證據，不過他倒是找到了一些更為有趣的東西，麥金農聲稱找到了美國軍方刻意限制尖端科技成果的證據，他說美國在二〇〇〇年的時候，就已經掌握了利用反重力從真空中獲取能源的辦法，這一技術，可以讓人類擺脫對石油的依賴，可美國為了自己在世界經濟體中的控制地位，把這一技術封殺。」

「加里・麥金農認為自己的駭客技術罕有對手，所以起了個網名，叫做『獨奏曲』。九一一事件後不久，麥金農駭掉了一家美國軍方網路，在留言中寫道：九一一恐怖襲擊是一起裏應外合的事件，他批評美國的外交政策和那些支持恐怖主義的政府沒什麼兩樣，他說美國的安全保衛體系有嚴重漏洞，並威脅說自己還會繼續製造混亂。」

「正是因為這一舉動，讓美國軍方下定了決心要將麥金農繩之於法。由於每次都能輕而易舉侵入美方的機密網路，導致麥金農警惕性有些喪失，一次入侵時，他沒有使用任何偽裝，結果被美方安全專家追蹤到了真實位置，由此被捕！」

蘭登把這一通介紹講完，眾人就更為吃驚了，以前還真是小瞧了駭客啊，原來駭客能厲害到如此地步。

「將軍！」蘭登看著負責人，「美國一直想引渡麥金農，英國迫於國內民眾和輿論壓力，一直沒敢通過，國防部真有辦法把麥金農請來？」

負責人擺了擺手，「那不可能，就算國防部能把麥金農請來，我們也不敢用他啊，這可是史上最厲害的軍事駭客啊！」

「那……」蘭登就有點不明白了。

「很多人都知道麥金農，但並不知道麥金農還有一位兄弟鮑比・麥金農，此人也是一位駭客高手，在英國一家網路安全企業任安全總監，還是英國網路安全全局的總顧問，是目前唯一被允許接近加里・麥金農的人物。」負責人說。

「您的意思，國防部把鮑比・麥金農給請來了？」蘭登問道，心裏大為詫異，國防部這次也是豁出去不要面子了，連別國的專家都給借來了。

「是！」負責人笑道，「鮑比・麥金農今後將不是英國的網路安全顧問了，而是我們F國的！」

蘭登大汗，原來是撬了別人的牆角啊。

「蘭登，你說，以麥金農的實力，能不能夠對付得了劉嘯？」負責人徵求著蘭登的意思。

蘭登搖了搖頭，「這個很難比較，有的駭客擅守，有的駭客擅攻，這個不是以戰績來衡量的，當年曾轟動一時的凱文・米特尼克，他的戰績比麥金農一點也不遜色，最後不也栽在了下村勉的手裏嗎？」

「那你認為，以麥金農的水準，能不能夠給軟盟製造麻煩？」負責人又問道。

這次蘭登倒是沉吟了一會兒，然後點了點頭，「這個或許有可能！」不過蘭登又道：「但我始終認為，麥金農並沒有傳說中那麼厲害！」

「哦？」負責人有些疑惑，「為什麼？」

「眾所周知，美國每年用在網路安全上的花費高達三百億美金，這可比當年製造原子彈的『曼哈頓工程』要多了許多倍，一顆原子彈就平息了世界戰爭，可每年幾十倍於原子彈的預算卻防不住駭客的襲擊，這是美軍的恥辱。我以前看過關於麥金農的全部資料，我覺得他並沒有美方指控的那麼厲害，美方之所以把麥金農吹得那麼離譜，不過是在為自己的無能找個台階下，他們打擊麥金農，也無非是想殺雞儆猴，警告那些對美國機密網路虎視眈眈的其他駭客！」

「你是這麼認為的？」負責人看著蘭登。

「是！」蘭登點頭，「我覺得不能對這個麥金農期望太高，我們的事情還是得靠自己。」

「你說得也有一些道理！」負責人皺起了眉頭，「但問題是，國防部已經把這個麥金農給請來了，而且還指定由我們情報部來負責全權協調，配合麥金農把國內的網路安全局面穩定下來！」

蘭登一鎖眉，道：「既然來了，那也就沒辦法了，這不過是我自己的猜測，麥金農實力到底如何，來了一試便知。如果他真的有辦法穩住目前的局面，而且能夠對付得了劉嘯，那咱們就全力配合，如果他實力不濟，咱們也不能放下自己的動作！」

負責人先是點頭，然後又是詫異，「咱們有什麼動作？」

「理查！」蘭登向理查一使眼色。

理查急忙站了起來，「將軍，我們今天從海關獲得消息，Nell公司從中國直接拉回來一批策略級產品，是正版貨，完全授權可以啟動。經過調查，這批貨是從軟盟從合作夥伴華維那裡弄到的，華維和軟盟之間存在矛盾，私底下暗自兜售軟盟的策略級產品！我和蘭登將軍商量過了，我們可以利用華維和軟盟之間的矛盾，從華維搞到策略級產品，甚至去挑起華維和軟盟的內鬥，以及代理商和軟盟之間的矛盾！」

「對！」蘭登看著負責人，「我仔細想過了，這確實是我們的一個機會！」

「你說華維和軟盟存在矛盾，可有真憑實據？」負責人十分謹慎，萬一搞不成，再讓軟盟反咬自己一口，自己可真是吃不消了，這些日子劉嘯可沒少折騰自己，自己都快撐不住了。

「直接的證據沒有，但他們之前確實鬧過矛盾！」理查道。

蘭登打斷了理查的話，道：

「劉嘯此人行事異於常人，我剛開始也認為這可能是一個圈套，但後來仔細查看之下，發現一切都毫無破綻，華維私自兜售軟盟產品也並不是最近才有的事，這不符合劉嘯的風格。以前劉嘯每次設下圈套，都會扔一個誘餌，來誘人上鉤，可這次卻絲毫看不到誘餌，由此我斷定，這應該不是個圈套。如果怕是圈套，我們可以不出面，就讓Nell公司去跟華維談，不管能不能夠說服華維，我們都不會有損失！」

負責人捏著下巴思索了一會兒，「那好吧，你們去聯繫Nell公司的負責人，讓他去跟華維先接觸一下，看看華維是個什麼意思！」

「是！」理查激動地敬禮，總算是有自己發揮的機會了，這幾天看負責人那張鐵青的臉，都快把自己愁死了。

「報告！」通信兵推門進來，「將軍，國防部發來消息，十分鐘後，羅斯中將將帶一位重要客人到訪！」

「知道了！」負責人一擺手，斥退了通信兵，然後站了起來，「這事就按照蘭登說的辦，兩手準備！好了，散會！蘭登，你跟我下去迎接羅斯中將，順便也會會那位傳說中的最黑駭客！不！」負責人突然笑了起來，「是獨奏曲的弟弟！」

第七章　軟體高峰會

此時的雷城，正是風雲際會，全球IT界的知名企業，都表示會派出重要人物前來參加雷城舉辦的首屆互聯網暨軟體技術高峰會，這幾天正陸陸續續到達。

劉嘯從雷城的機場出來，就看見顧振東和李易成正站在出口處聊天。

負責人和蘭登剛剛走到樓下，羅斯中將的車就駛了過來，羅斯雖然只是中將，和蘭登軍銜一樣，但職務卻大多了，是國防部第一副部長，所以情報部的負責人也不得不有所重視。

「將軍！」羅斯中將下車之後，先給負責人敬禮。

「羅斯將軍能到我們情報部來，讓我不勝榮幸！」負責人客氣了兩句，和羅斯一握手，然後又給他介紹了一下身後的蘭登。

此時車上才慢慢走下一個人來，身高大約一米九左右，一身灰白色休閒西裝，裏面卻穿了個黑色襯衣，最惹眼的，就是此人那一頭紅色的長髮，看起來很有視覺衝擊力。

「將軍，我給你介紹一下！」羅斯朝紅頭髮招了招手，「這位就是我們國防部請來的安全專家，鮑比・麥金農。」

「你好！」負責人伸出手，讚道：「一看就是青年才俊啊！」

「客氣！」鮑比只是淺淺一握，然後就站在一旁，並無一絲喜悅之色。

「鮑比先生！」蘭登主動走上前去，「你好，我是蘭登，今後你的工作，由我全權負責協調！」

「客氣！」鮑比還是那樣淺淺一握，然後又站到了一旁。

羅斯似乎早已習慣了鮑比這種風格，笑著打哈哈：「鮑比先生從現在起，就是我們的網路安全首席顧問了，希望你們情報部能夠配合鮑比先生的工作，成功化解目前國內的這場網路危機！」

「我們一定配合！」負責人笑著，然後回頭道：「蘭登，你先帶顧問先生上去，熟悉一下環境，順便給他介紹一下國內現在的網路狀況！」

蘭登應了一聲，便在前面開道，領著鮑比進了情報部的大樓。

「將軍！」羅斯中將看著負責人，「這次可不能再有什麼閃失了！國防部現在有很多人對你們情報部不滿，萊曼將軍此次把鮑比安排到你們情報部，就是希望你們能夠在哪裡跌倒，再從哪裡爬起，只要你們能夠穩住國內的網路危機，那些人就不會再說什麼了！」

「請回去後務必向萊曼將軍轉達我的謝意！」負責人報告著，「同時，請你轉告萊曼將軍，我們已經做好了各種準備，有著多套方案，肯定能在最短時間內控制中國的網路安全狀況！」

「那就好！」羅斯中將說，「專家我也給你送到了，我就回去了，那邊還有不少的事情等著處理呢！」

「既然如此，那我就不挽留你了！」負責人將羅斯送到車前，「有空的時候，我約你去釣魚！」

「好好好！」羅斯大概是個釣迷，一聽大喜，「那就這麼說定了！」

負責人回到樓上，蘭登正帶著鮑比在參觀情報部的控制大廳。

「我知道鮑比先生之前曾是英國的網路安全總顧問，所以這種地方你應該非常熟悉了，在這裏，我們可以接收到來自全球的消息。那邊左三區，就是我們的網路控制中心，那裏可以及時收到全國網路中的各種資訊，並隨時發出各種指令，在這點上，我們絲毫不比國家網路安全中心差！」

蘭登說得很起勁，可鮑比只是看著，不吭聲，甚至連個點頭搖頭的動作都沒有，蘭登很費解，不知道鮑比心裏到底在想些什麼。

負責人見狀，便走上前去，「鮑比先生，想必你也瞭解到了我們的一些情況。你是網路安全方面的專家，我想聽一聽你的意見，不知道你有沒有什麼高招，可以迅速將國內的這種情況穩定下來！」

鮑比長嘆一口氣，隨後道：「這是我見到過的最糟糕的網路安全防禦體系！」

蘭登的臉色便有些難看，心想：請你來就是要解決問題的，不是來挑刺潑冷水的，要是沒問題，還找你幹什麼！

「來！」負責人往會議室的方向一指，「鮑比先生，我們到會議室詳細談，我一直都盼著能有像你這樣一位專家來給我們指點指點！」

負責人什麼人沒見過，這種恃才傲物的人，他見多了，知道怎麼對付。

鮑比雖然還是什麼都沒說，但明顯不再有那種鄙夷的表情了，看來誰都喜歡被拍馬屁，而且拍自己馬屁的還是一位上將呢。

三人到會議室坐定，負責人便道：「鮑比先生，你能不能先給我們分析一下，是什麼原因造成了目前的這種情況？」

鮑比看了看負責人，再看了看蘭登，過了好久才道：「內在的原因，就是你們的網路防禦體系過於薄弱，網路管理方面有些鬆懈，技術落伍；外在的原因，呵呵，我不說你們心裏也很清楚！」

「鮑比先生但說無妨！」負責人抬了抬手，「沒有關係的！」

鮑比瞥了一眼蘭登，「我聽說你們和軟盟鬧翻了？」頓了頓又說：「作為情報部，得罪什麼人都可以理解，但我很難理解，你們為什麼要去惹軟盟，那可是全球最危險分子的聚集地，一群不受任何約束的中國駭客！我以前在英國的時候，我制定的安全防禦策略頭一個要防範的，就是中國駭客！」

「鮑比先生……」蘭登不得不打斷鮑比的話，「你認為這次的事，都是中國駭客做的嗎？」

「不！」鮑比搖頭，「那太看得起他們了，他們只是源頭，是導火線罷了！是他們的攻擊，把所有你們以前得罪過的人的攻擊情緒都煽動起來了！」

「我以前接觸過中國駭客，這夥人絲毫沒有教養，辦事不講任何規矩！」鮑比鄙夷地嗤了口氣，「這也是我之所以來這裏的原因，我要讓所有的中國駭客都栽在我的手裏！」

蘭登也嗤了口氣，這傢伙說得好聽，怕是以前在中國駭客手底下吃過虧吧，要不然哪來這麼大的怨氣！

「那鮑比先生有沒有什麼具體的計畫，或者是措施？」負責人問。

「我的打算就是，激怒中國駭客，讓他們瘋狂報復，然後一網打盡！」

鮑比說得倒是臉不紅心不跳。

「不行！」蘭登終於忍不住了，站了起來，「我們情報部配合你的目標，是化解國內的網路危機，而不是激起更大的危機！」

「蘭登，你不要急嘛，讓鮑比先生把話說完！」負責人到現在仍然穩如泰山，他很瞭解鮑比這種人，不一口氣把話說完，而是先嚇人，把你驚嚇一番了之後，再慢慢安撫你，這樣他會很有成就感。

鮑比冷眼看著蘭登，道：「如果我能讓中國駭客去攻擊一個固定的目標，你認為這還是網路危機嗎？」

蘭登啞然，這鮑比看起來似乎胸有成竹，他不會真有辦法讓中國駭客去攻擊一個既定目標吧，那樣的話就好辦了……

「只要我們能讓中國駭客去攻擊一個既定目標，我們就可以抓到真憑實據！」鮑比看著負責人，「抓到證據之後要怎麼做，我想不用我再說那麼明白了吧，你們比我更熟悉這套，不管你們向中國政府外交施壓，還是向他們直接要人，那都是你們的權利！只要能打掉這個根源，我想就不會再有其他人敢來這裏犯險了！」

「不錯不錯！」負責人點頭，隨後又道：「不知鮑比先生有什麼妙策，能讓中國駭客乖乖來攻擊我們的既定目標呢？」

「這個我自有安排，保證能讓他們來攻擊既定的目標，不過這需要一點時間來做準備！」鮑比說完，看蘭登在那裏皺眉，便問道：「蘭登先生，你似乎不太信任我的能力？」

「這倒沒有！」蘭登擺了擺手，「只是我覺得這樣做的風險太大，你要知道，萬一中國駭客被徹底激怒，而他們又沒有攻擊我們的既定目標，後果會有多麼嚴重嗎？」

自從西德尼上次來過之後，劉嘯那邊好不容易有所顧忌，不再來騷擾了，這要是再故意去激怒他，蘭登真不敢想會是什麼後果，劉嘯可不是容易對付的人啊。至少蘭登感覺這個鮑比有點華而不實，說話輕浮，一點也比不上劉嘯那樣鋒芒逼人而又冷靜克制的性格，那才是駭客該有的性格。

「我真是想不通，像你這種優柔寡斷的人，怎麼可能也混到中將的銜！」鮑比說話一點也不客氣，「我看正是你們的怯意，才助長了中國駭客的威風，然後造成目前的這種困局，你們越遲疑，便越會鑽入中國駭客的圈套，他們這種人不講規則，什麼事都做得出來，對付他們，只有一招，那就是趕盡殺絕！」

鮑比一字一句，表情非常憤恨。

蘭登大怒，說自己什麼都好，但還沒人敢懷疑自己的能力，自己能做到中將，那全都憑的是實力，是功績，這是對自己最大的侮辱。

蘭登拍桌子站了起來，「我告訴你，我的軍銜，是我們國家對我的肯定，這容不得你來懷疑！還有，如果你能搞定中國駭客，就立刻去搞，如果搞不定，就請你走人，沒有你，我們照樣可以搞定一切，明白嗎？」

蘭登怒不可遏。

「呵……」鮑比倒也不生氣，從鼻孔裏冷笑一聲，「你們能搞定的話，就不會請我來了！我能請問一下嗎，你所說的搞定一切的辦法，是不是想從華維那裏買來策略級產品，然後再挑撥華維和軟盟內鬥？」

這一下，不僅是蘭登，就連穩如泰山的負責人，也不禁吃了一驚。

「讓我說著了吧！」鮑比一副早已料到的表情，「別費那個勁了，那根本就是個圈套，等你們從華維把產品買回來，你就會發現那都是廢品，是一堆沒有任何用處的垃圾！以劉嘯的智商，你們根本鬥不過他，光是他招數裏的那些虛虛實實，就已經夠你們頭疼了！」

「你怎麼會知道這事？」蘭登問道。

「華維在很早以前，就往我們英國兜售了一批策略級產品，當時就引起了我的注意，知道為什麼英國沒有在安全體系中採用軟盟的策略級產品嗎？」鮑比一臉得意，「因為他們沒有聽我的勸，結果買回來一堆垃圾。」

「這事我怎麼沒有聽說過呢？」蘭登納悶，這事自己應該知道啊。

「如果換了是你，你買回來一大堆垃圾，你會到處宣揚嗎？」鮑比看著蘭登，「你想博得別人同情？」

蘭登頓時吃癟，媽的，這個鮑比可真是自己的剋星，自己還以為他多厲害，能未卜先知呢，原來是因為英國也栽過這跟頭。

看來這劉嘯還真是有兩下子，竟然和華維合起夥來撈黑錢，而且還掐準了那些吃虧人的脈，知道沒人會公佈這事。現在就算是自己跑出去說英國被人耍了，別說別人，就是英國自己也不會承認有這事的，說不定還會嫉恨上自己，以為自己故意在揭英國的傷疤呢。可為什麼自己總摸不對劉嘯的想法呢，自己認為向左，劉嘯就是向右，自己認為向右，這個傢伙又會向左。

反正蘭登已有了一個先入為主的概念，那就是劉嘯比鮑比強，所以鮑比的炫耀，到了蘭登眼裏，反倒成了劉嘯的成功。因為蘭登多年的經驗告訴自己，不尊重自己對手的人，最後往往會倒在對手腳下。

負責人站了起來，踱了一圈，然後回過神來，笑道：「今天多謝鮑比先生，要不是你的消息，我們可能還真的會上了軟盟的當呢！」

「客氣！」鮑比淡淡一點頭，「我只是想告訴你們，不要對這群中國駭客抱任何幻想，對付他們的辦法只有一個，那就是趕盡殺絕！」

「對對！」負責人笑著，「既然鮑比先生已經有具體的打算，那就趕快實行起來吧，有什麼需要我們配合的，就儘管開口！」

蘭登看負責人這麼說了，那就明擺著說自己那邊華維的心思就死了，不如安心協助鮑比搞好工作，於是道：「鮑比先生，那我這就帶你去工作地點，如果你覺得有什麼缺失的地方就提出來，我們儘量滿足你的要求！」

蘭登帶著鮑比剛出會議室，還沒走到控制大廳，一位通信兵就跑了過來，「報告蘭登將軍，我們剛剛恢復的情報部網站又被人駭了，還是那個頁面……」

「哦？帶我去看看！」鮑比不等通信兵報告完，直接向通信兵下達了命令。

蘭登很不悅，但現在也不好說什麼，便從通信兵手裏接過了檔案，然後道：「這位是鮑比先生，是負責幫我們解決網路安全問題的專家，以後網路安全方面的問題，第一時間向他報告！」

「是，將軍！」通信兵一個敬禮，轉身離開。

「走吧，鮑比先生！」蘭登一抬手，「我帶你去看看！」蘭登想親眼看看鮑比有什麼高招。

兩人進了電梯，向下走了幾層，便來到了一間機房門口，「這裏就是我們網站伺服器所在，和情報部網路是完全隔離的，只是應一些輿論要求，辦了這麼一個網站，上面並沒有什麼重要資料！」

蘭登打開了機房的門，帶領鮑比進去，就看見裏面正有幾個網管在忙，一邊恢復網站伺服器，一邊在分析剛才的資料，這些人一個個面帶蠟色，估計最近都沒休息好。

「這就是剛才被攻擊的伺服器！」蘭登指著其中一台伺服器。

「剛才攻擊的資料都在？」鮑比問道。

其他幾人都不認識這是誰，所以誰也沒搭理鮑比的問題。

「鮑比先生在問你們話呢，回答問題！」蘭登看著那幾人，「誰是今天的負責人？」

這才走出一人，「是我，將軍！」然後掃了一眼鮑比，「攻擊的資料都在，我們正在分析！」

鮑比此時突然把自己西服上別著的一個領帶夾拿下來，來回抻了一下，蘭登定睛一看，才發現這原來是個儲存器。

「英國特工專用！」鮑比舉起來比劃了一下，然後走了過去，那個領帶夾讓他那麼一抻，前端便伸出一個精細的介面來，鮑比把那東西往電腦上一插，很快顯示出一個畫面，這是一套用於檢測攻擊資料的工具。

鮑比飛快敲下幾個命令，那工具便開始分析了起來。

「我敢肯定，這又是中國駭客幹的！」鮑比很肯定地看著蘭登，「我的工具能夠準確分析出他們的攻擊位置，對付這些中國駭客，絕不能心慈手軟！」

蘭登沒說什麼，他強忍著，對鮑比保持著一種禮貌性地客氣，否則的話，他是不會搭理這種輕浮氣盛的人。

十來分鐘後，鮑比的分析結果出來了。

「咦？」鮑比看見結果時有些意外，「不是中國駭客幹的！」

蘭登往螢幕上瞅了一眼，看見上面顯示出來的結果，攻擊源是來自D國的一個小城市。

「不是中國駭客幹的，我看這事也跟他們脫不了干係，所有的事都是他們挑起來的！」鮑比此時恨恨說道。

蘭登不知道鮑比為什麼會對中國駭客有如此深的成見，即便是看見了分析結果，他對D國駭客沒有任何指責也就罷了，竟然還把所有罪過都強加給中國駭客，似乎在他的眼裏，中國駭客就是網路上的邪惡軸心。

蘭登看著鮑比，「鮑比先生，那現在要怎麼辦？」

鮑比沒說話，而是準備伸手去拔自己的領帶夾。

「鮑比先生，稍等！」蘭登趕緊攔住，「你的這個分析結果，我想先保留一份，作為向D國政府抗議的一個證據！」

「你抗議D國有什麼用！」鮑比說完，直接拔了自己領帶夾，電腦上的畫面隨即消失。

蘭登一看，氣得牙直癢癢，「D國駭客已經不是第一次入侵我們的伺服器了，我向他們的政府發出抗議，自然有我的考慮！」

「我知道你的想法！」鮑比斜眼瞥了蘭登一下，「你是想讓D國政府能夠約束一下他們的駭客行為。不過我覺得這沒有必要！」鮑比把領帶夾重新別好，「我自有辦法，能夠讓這些前來趁火打劫的駭客全部收斂，也包括D國的駭客在內！」

蘭登詫異道：「鮑比先生有什麼好的辦法，就趕緊說吧！」蘭登也想知道鮑比憑什麼敢說這樣的大話。

鮑比輕笑兩聲，從自己的口袋裏掏出一個菸盒。

「對不起，機房內不許吸菸！」旁邊的網管趕緊說道。

鮑比沒理會，打開菸盒，從裏面掏出一個很精致的打火機，舉到蘭登面前，「這也是英國特工專用！」

蘭登頓時大汗，他不知道這鮑比是特工還是網路安全專家，全身上下怎麼這麼多機關，這打火機不用猜，肯定也是一個電子記憶體之類的東西了。

「這裏面有我的私人身分電子印章！」鮑比看著蘭登，「你去安排一下，在你們所有被攻擊的網站伺服器上安裝我的身分印章，我可以保證你們受到的攻擊能夠減少八成！」

「身分印章？」蘭登一皺眉，「類似西毒殺破狼那種的？」

「你知道這個人？」鮑比問完，又是一副恨恨的表情，「這個人是中國駭客中的頭目級人物，很是囂張，可惜他隱退的早，否則肯定被我送進監獄……」

「鮑比先生……」蘭登看著那打火機，意思是告訴鮑比：你還沒回答我的問題呢。

「我的身分印章要比他的要高明了很多！」鮑比又把話題回到重點，「安裝之後，不會有任何顯示，但攻擊者在探測伺服器時，我的印章會給他們送回一個標識性的訊息，看到這個訊息，他們就知道這台伺服器正在我的保護之下，便不敢再輕易發起下一步的攻擊！」

鮑比說完，很是得意。

「這……」蘭登有點拿不準主意，堂堂一個國家的網路，現在要依靠一個私人的身分印章來保護，這確實有點不像話，太丟人了。

「這只是我的第一步計畫！」鮑比看出了蘭登的意思，「現在你們這裏的網路安全狀況非常差，我需要儘快穩定下來，然後實施下一步的計畫。我知道你的顧慮，但我不得不告訴你，這是目前能讓網路安全狀況迅速好轉的最好也最有效的辦法，在所有攻擊者沒弄清楚真實情況之前，他們不會貿然進攻，這會為我們爭取到一點時間！」

「好！」蘭登一咬牙，道：「我這就去安排！」說完，從鮑比手裏接過了那塊打火機。

「你給我安排一間辦公室！」鮑比繼續說著，「另外，我還需要一台電腦，最遲明天下午，我會給你一份詳細的方案，徹底解決你們目前的網路安全隱患，最重要的是，要將那幫中國駭客一網打盡！」鮑比一臉恨恨之色。

此時的雷城，正是風雲際會，全球ＩＴ界的知名企業，都表示會派出重要人物前來參加雷城舉辦的首屆互聯網暨軟體技術高峰會，這幾天正陸陸續續到達。

劉嘯從雷城的機場出來，就看見顧振東和李易成正站在出口處聊天。

「顧總，李大哥！」劉嘯喊道，朝兩人招手，顧振東和李易成便看見了劉嘯。

「你可算是來了！」顧振東笑著，和劉嘯一握手。

「我又不是外人，你看你，那麼忙，還要來接我！」劉嘯客氣說。

「你可是這次高峰會的重頭戲，我怎麼能不來接你呢！」顧振東笑說，然後招呼道：「好了，這裏不是說話的地方，先回去吧，我都安排好了！」

一上車，劉嘯就問李易成，「李大哥最近怎麼樣，都還好吧？」

「都還好！」李易成笑說，「我先跟你說好，這次來雷城，一定要抽空到我公司去轉轉！」

「呃？」劉嘯有些納悶，不明白李易成這是什麼意思。

「看看我公司的變化啊！」李易成說，「我可告訴你，你這次再想打擊我可沒門了，現在我『易成軟體』的名字，可是大名鼎鼎了！」

顧振東一聽來了興趣，他是知道F．SK來頭的，於是看著李易成，「怎麼回事？易成，你給我說說。」

李易成便把上次怎麼用十倍價格把自己的殺毒軟體賣給F．SK三萬套的事簡單說了說，然後道：

「當時劉嘯告訴我，他說會有人上門買我的軟體，還會開個非常高的價，讓我一定沉住氣，我以為他跟我開玩笑呢，沒想到F．SK的人第二天就找上門來，還沒等我開口呢，那邊就開了十倍於標準價格的數字，而且生怕我們不肯把產品賣給他！你說這種好事我能不答應嗎？可惜我當時沒沉住氣，暈了，想也沒想就答應了他們，現在想想還有點後悔呢！」

劉嘯笑說，「沒事，以後還有這樣的機會，你下次可別再暈就行！」

「再暈我不就真成傻子了嗎！」李易成打趣著自己，「放心，下次再有這種傻鬼子來，我一定會讓他們滿意而歸！」

顧振東聽完，臉上頓時是一臉的笑容，他今天親自來接劉嘯，主要還是為合作的事來的，劉嘯前幾天電話裏和自己說要給華維一個大便宜，自己也按照劉嘯說的做了，可一直都沒什麼反應，自己是想向劉嘯把這事問清楚。不過現在看來，似乎是沒這個必要了，劉嘯能讓F．SK倒過來求李易成，那給華維的承諾，自然也能兌現，只是顧振東不太明白劉嘯到底是耍了什麼手段，能讓那幫洋鬼子如此乖乖就範，這也是自己一直都想不通的一個問題。

「劉嘯，這次高峰會，我給你安排了壓軸的主題演講，你都準備好了吧？」顧振東笑呵呵看著劉嘯，「我可全指望你了，可不能讓那幫洋鬼子把咱們的風頭都搶了去！」

「放心吧，顧總，我都準備好了！」劉嘯苦笑，「不過話說回來，你這個差事可是害苦我了，死了不少的腦細胞，比我寫程式還費勁呢！」

「哈哈！」顧振東大笑著。

「報告！」通信兵推開蘭登辦公室的門，手裏抱著一個資料袋，「將軍，這是你要的資料！」

「好！放桌子上吧！」蘭登抬起頭，「有沒有來自中國的最新消息？」

「有！」通信兵點頭，「已經放在資料袋裏了！」

「很好！」蘭登頷首，「你可以出去了！」

通信兵敬禮，然後告退，剛走到門口，就聽蘭登又道：「你等等！」

「將軍，還有什麼事？」通信兵迅速轉身，看著蘭登。

「鮑比先生的方案有沒有交上來？」蘭登問道，鮑比昨天說今天要交一份計畫書的。

「沒有，將軍！」通信兵說道。

「好，我知道了！」蘭登微微皺眉，「一會兒鮑比先生的方案交上來，你馬上送到我這裏！」

「是，將軍！」通信兵看蘭登沒別的吩咐了，拉上門離開。

蘭登拆開檔案袋，將裏面的資料拿出來，一看最上面那頁的標題便有些皺眉，這是他讓人收集的所有關於鮑比・麥金農的資料，以及以前加里・麥金農的資料。

蘭登還是那個想法，麥金農是美國軍方故意誇大吹噓出來的，所以他對麥金農這個弟弟有些不放心，覺得讓他來負責對付劉嘯有點不靠譜。也不知道國防部是怎麼聯繫到這個人的，會把這麼重要的事交給一個外人去做，作為情報部的官員，蘭登必須要對鮑比的來歷做個摸底。

第一頁的標題，就是「中國駭客的剋星——鮑比・麥金農」，蘭登倒不是覺得這標題有問題，是覺得果然被自己猜中了，這鮑比對中國駭客有如此深的怨念，肯定是有原因的，於是他便繼續往下看。

令蘭登失望的是，這份資料裏並沒有提到鮑比和中國駭客結怨的原因，只是總結了鮑比的一些言論，就像昨天說的那句：「中國駭客的存在，是網路不安全的根本原因！」然後就是鮑比對中國駭客的一些戰績，包括曾經誘捕和追蹤過數十位中國超級駭客全部得手。

資料的最後，是一些數字對比，說鮑比在擔任英國首席網路安全顧問期間，由於他針對中國駭客的打擊策略得到堅決貫徹，使得在全球各國網路襲擊案不斷攀升的今天，英國的網路襲擊案件卻在逐年下降，這一切全是鮑比的功勞。

蘭登把資料又看了一遍，資料中提到的這些所謂中國超級駭客，根本不算是什麼有名的人物，和這些人交手，也不能證明鮑比的能力就強啊，至於後面所說的網路襲擊案件逐年下降，蘭登倒願意相信那是殺雞給猴看所得到的效果。

蘭登把其他的資料也看了一遍，並沒有發現問題，也沒有得到自己想得到的答案。鮑比·麥金農比加里·麥金農要年輕七歲，他大學攻讀的就是電腦專業，而他哥哥加里·麥金農以前則是一位和電腦無關的小公司的職員。資料中說，加里的電腦知識還是從自己弟弟鮑比那裏學到的，只是加里似乎在電腦上更有天分，至少在駭客入侵這方面，他超過了自己弟弟。

加里被捕後，鮑比便被英國的網路安全部門請了去，半年之後，便成為英國首席網路安全顧問，他也是世界上唯一可以和加里保持私密聯繫的人。

「獨奏曲的電腦知識是從鮑比這裏學到的？」蘭登沒想到會是這樣，要這麼說的話，鮑比的水準完全有可能是高於他哥哥加里・麥金農的，否則英國也不會聘他為首席網路安全顧問。

「難道自己有點多慮了？」蘭登盯著桌上的資料，可能是自己看不慣鮑比的那種風格，才導致自己懷疑鮑比的能力，英國遭受的網路襲擊逐年下降，應該可以說明鮑比的實力啊，這可不是吹出來的。

蘭登搖搖頭，把資料塞進袋子裏，「看來我是多慮了！」蘭登現在倒寧願相信自己是多想了。

蘭登從袋子的下面又拉出一份檔案，是關於劉嘯的，上面寫道：劉嘯已經啟程前往雷城，參加近日舉行的互聯網暨軟體技術高峰會，並有一個主題演講。

蘭登把資料往桌上一扔，這個消息似乎並沒有什麼價值，看不出什麼東西來。

等來等去也等不到鮑比的方案，蘭登就從辦公室走了出來，來到控制大廳巡視一番，最後停在網路資訊中心，問道：「今天的網路狀況如何？」

「和前幾天比起來，今天的網路可以說是風平浪靜！」情報員立刻站了起來，「從昨天晚上到現在，我們遭到的網路襲擊減少了六成左右，剩下這四成的攻擊，並沒有造成什麼損害！」

蘭登「唔」了一聲，然後就凝眉思索，這個鮑比看來還真是有些手段，只一個簡單的身分印章，便能阻絕六成的網路襲擊量，足見他在駭客圈內是多麼地威名赫赫了。

可是如此厲害的人物，自己以前怎麼就沒聽說過呢，這次要不是國防部把他請來，自己還真的不知道安全界裏有這麼一號人物。

「將軍！」那位情報員看蘭登半天不說話，便開口請示道：「我是否可以繼續工作了？」

「你繼續工作吧！」蘭登一擺手，隨即又道：「鮑比先生的那個電子身分印章，你看到過沒有，什麼樣子？」

「有！」情報員在工作台上一翻，找出一張紙，「這就是鮑比先生身分印章的效果圖，只要向伺服器發送刺探消息，就會回傳這個由V組成的圖案。」

蘭登接過那張紙，發現紙上全是字母V，大概有七八十個，這些V組成了一個奇怪的圖案。

蘭登把紙來回翻來覆去了幾遍，從任何角度看，都看不出這圖案上的東西到底是什麼，說字不是字，說畫又不是畫。蘭登覺得十分神奇，這個圖案看起來沒有什麼稀奇之處嘛，甚至誰都可以偽造，為什麼攻擊的駭客看見這個圖案，便知道伺服器有高手坐鎮，並且放棄了攻擊的企圖呢？

蘭登鎖眉琢磨了半天，也沒看出其中奧秘，不由搖搖頭，心裏嘆道：這駭客的秘密真是讓人難以揣摩，自己這個外行怕是一輩子也悟不透其中的秘密。

「將軍！」一個通信兵走了過來，「鮑比先生找你，已經在你的辦公室等你了！」

「好！」蘭登把那張紙疊好放進口袋，然後就朝自己的辦公室走去。

第八章　救火隊長

「這看你怎麼操作了，如果你指名道姓地向劉嘯挑戰呢？」鮑比輕笑兩聲，「劉嘯是中國最厲害的安全專家，他此時正在參會，恰好高峰會的網站被駭，並且無法恢復，你認為雷城方面第一個會想起的救火隊長是誰？」

鮑比推門進去，蘭登正坐在那裏喝著咖啡，一個通信兵陪著他。看見蘭登進來，通信兵便走了出去。

「鮑比先生，你的方案做好了嗎？」蘭登問，坐到了鮑比的對面，「我剛才到網路資訊中心瞭解了一下，鮑比先生的名頭可真是厲害，從昨晚到現在，我們遭受的攻擊比前幾天少了六成！」

鮑比一皺眉，顯然對這個數字不滿意，因為按照他的預計，攻擊會少八成的，「怎麼會這麼少？」

「不少了！」蘭登笑著，「每個國家的網情都不一樣，尤其是我們現在正處於一種混亂狀態，別說是減少六成，就是只減少一成，我們也很感激了。」

「哼……」鮑比冷哼一聲，「你這是懷疑我的能力嗎？我說了能夠讓你們遭受的攻擊減少八成，就一定會兌現！」

蘭登拍馬屁拍到了馬蹄上，乾笑著說：「鮑比先生不要誤會，我絕沒有懷疑你的能力！」說完咳了兩聲，「我們還是說說你的那個後續措施吧！」

鮑比從手邊的茶几上拿起一份文件夾，道：「我昨天用一晚上的時間，瞭解了一下貴國的網路狀況，這是我根據你們的具體網情設計出的一份方案！」說完，把那文件夾放到了蘭登面前的桌子上。

蘭登打開檔案，有點吃驚，這檔案的厚度看起來至少有四五十頁的樣子，鮑比能在這麼短時間內拿出一份如此有「分量」的方案，還真是不簡單。

蘭登翻了兩頁，發現這檔案有文字，有圖表，還有許多資料，層次分明，於是更加覺得這個鮑比很厲害。

鮑比等了一會兒，看蘭登半天看不完，便道：「還是我給你簡單介紹一下吧，我的這個方案概括起來，就是『外三內三』。」

蘭登只好放下方案，聽著鮑比的介紹。

「我說的『外三』，就是要在關鍵網路之外構建三層防禦體系，第一層，負責篩選大量的洪水和垃圾資料，讓其餘資料通過；第二層負責篩選掉一般性的攻擊資料；第三層再篩選掉稍微複雜一些的攻擊資料。『內三』，則是指在要關鍵網路之內再構建三層防禦體系，一層許可權驗證體系，一層資料安全體系，一層攻擊行為分析體系。」鮑比一臉得意之色，「只要實現六層防御體系，百分之九十九的攻擊行為都可以被預防和發現！」

蘭登對於網路安全只是達到理解的層次，並不精通，聽完鮑比的話，有些不甚理解，於是問道：「六層體系？這樣會不會實現起來很複雜，我們現在需要的是一個可以迅速穩定網路安全狀況的方案。」

「我提出的方案，實現起來並不麻煩！」鮑比看著蘭登，「特別是外三體系，已經有安全廠商研製出了這種產品，我們只需將產品安裝在網路中相應的節點上，就可以完成外三防禦體系的構建。這種體系的好處不僅僅是安全，還能優化網路品質，因為大部分的資料篩選工作都是由三層體系中的大型資料篩選設備完成，這樣就極大減輕我們伺服器的負擔，從而大大提升了訪問的效率。」

「是這樣啊！」蘭登鬆了口氣，他就怕鮑比提出的方案實行起來得一年半載的，那時候連黃花菜都涼了。

「內三體系就比較麻煩一點，除了攻擊行為分析體系外，其他兩個體系需要根據我們具體的網路安全制度來訂制，這需要兩三個月的時間來完成。」鮑比說完一頓，又道：「但只要完成外三體系的建設，就可以阻止大部分的網路攻擊，你也知道，八成的網路襲擊事件，其實都是由資料洪水之類的垃圾資料造成的，而外三體系就是專門來對付這種攻擊的。只要解決了這八成的問題，那剩下的兩成問題就很好解決了，特別是你們現在的這種困局，只要能拿掉兩個不知死活的中國駭客，一切就可以快速安定下來！」

蘭登點了點頭，鮑比說的確實是有幾分道理。

「中國駭客有著兩個致命要害，他們總喜歡從一個極端走向另外一個極端，有外來勢力打壓時，他們會很團結，會暫時攜手來一起對抗外來勢力；可一旦沒有外來勢力，他們就會內耗，而且是無利不起早，眼裏只盯著錢，為了錢，他們什麼都幹。所以想要這幫暴徒乖乖攻擊我們的既定目標，並不是什麼難事，只需給他們豎立一個敵對目標即可！」

鮑比一臉的成竹在胸，「在英國的時候，我便是用這種方法，時而分化、時而嚴打，最後讓中國的駭客暴徒們根本都不敢進入我們英國的網路領土一步。」

蘭登還真無法從鮑比的方案裏挑出什麼刺來，聽起來一切都很有道理，於是蘭登便道：「你的方案，我馬上移交給相關的部門和專家做一個可行性論證，如果可行，我們會立刻提交給國防部通過的！」

「好！」鮑比也不反對，一副優哉遊哉的表情，喝了口咖啡，「你們的專家一定會贊成我的方案，我對此非常有信心。」

「鮑比先生，你剛才提到的製造外三體系的設備商，也麻煩你一併提供給我們！」蘭登對方案提不出什麼意見，但謹慎還是有的，採購這種設備，安全性必需嚴格查證。

「我已經寫在計畫書的最後部分了！」鮑比慢慢攪著咖啡，「設備商是英國網路安全局的合作夥伴，英國構建的外三體系，也是從他們那裏購買的設備！」

蘭登翻了一下，果然在最後看到了設備商的資料，於是道：「好，我這就去論證，有結果我會及時通知鮑比先生的！」

鮑比放下杯子，「那我就等你的消息！還有，這幾天如果再有什麼突發網路狀況，可以隨時聯繫我！」

「那就先謝謝鮑比先生了！」蘭登把鮑比親自送出辦公室，看著鮑比走進電梯下樓去了，這才趕緊匆匆朝負責人的辦公室走去。

雷城的時代國際大廈今天成了媒體焦點，樓下車水馬龍，全球知名的ＩＴ企業精英人物全部雲集於此，參加雷城市府舉辦的這屆互聯網暨軟體技術高峰會。

雷城市政府對這次的高峰會非常重視，早在媒體進行了一番炒作和宣傳，吸引了不少方面的視線，而且雷城的市長還全程參加為期三天的高峰會，負責隨時解答各企業的問題。

劉嘯和李易成是一起來到會場的，一下車，劉嘯便立刻被媒體的人發現，圍上來一陣拍照提問。劉嘯此時對這種場面早已適應，不管記者怎麼問，都說自己能參加這次高峰會非常榮幸，希望能有一個好的收穫。

大樓的保安迅速為來賓們打開通道，劉嘯和李易成來到了大樓的入口處，顧振東此時就站在入口處接待前來報到的來賓。

「顧總！」劉嘯把自己的邀請函交給一旁的工作人員，就和顧振東打著招呼，「我就什麼也不說了，祝你這次的高峰會圓滿！」

顧振東趕緊把自己身後的人讓出來，然後指著劉嘯道：「董市長，這位就是軟盟的掌門人劉嘯，我經常跟你提起的！」說完又給劉嘯介紹道，「這位是我們雷城的董市長。」

「市長你好！」劉嘯趕緊朝市長伸出手，「謝謝雷城市府能給我們這些人提供這麼好的一個交流平台！」

「這是我們市府應該做的！」市長笑說，「劉先生年輕有為，執國內網路安全界之牛耳，如果再有什麼投資項目，可一定要先考慮我們雷城啊！」

「一定一定！」劉嘯回說。

顧振東又介紹了李易一下，工作人員查驗過兩人的邀請函無誤，便立刻過來一個人為兩人領路。

一進大樓，李易成便激動地道：「華維這次估計沒少下力氣，我剛才瞅了一眼已經簽到的來賓名單，乖乖，來了不少大人物啊！」

劉嘯笑著低聲道：「李大哥，我看你公司的名片是白貼在第一位了。你得像我這樣，不管走到哪，都是這副『我就是大人物』的樣子！」

「去！」李易成大笑，「說你胖，你小子還喘上了，到我這裏裝大人物來了！」

兩人正在說笑，就聽身後傳來聲音，「劉先生，等一等！」

劉嘯覺得這聲音很耳熟，回頭去看，便低聲笑道：「李大哥快看，你說的大人物來了！」

來人正是微軟亞洲區的總裁唐麥克，劉嘯以前見過兩回。

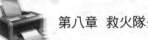

「你好，唐先生！」劉嘯伸出手，「你一來，可令這次的高峰會增色不少啊！」

「劉先生還是這麼愛說笑，我哪有那麼大的魅力！」唐麥克笑說，「大家來參加這次高峰會，可完全都是衝著你來的。」

「唐先生你可不要嚇唬我，照你這麼說，我都不敢來參加這高峰會了！」劉嘯開著玩笑，然後便給唐麥克介紹道：「這位是我的好朋友，易成軟體的總裁李易成先生！」

唐麥克趕緊和李易成握手，交換了名片，然後和劉嘯二人一起朝樓上的會場走去，一邊問道：「不知道劉先生做完策略級產品，還有什麼新的項目和打算沒？雖然說我們上次的合作沒做成，但我們總部一直希望能夠和軟盟成為合作夥伴，劉先生要是再有什麼項目要找合作夥伴，請一定要告知我一聲，這次合作的條件由你來提！」

「上次的合作沒做成，我也很遺憾！」劉嘯說，「這樣吧，一會兒大會休會之後，我們可以找個地方聊一聊，我手上正好有幾個項目，就是不知道你們能不能看上，項目有點小！」

「好，那休會之後我再約你！」唐麥克大喜，「項目不在大小，我們就是希望能和軟盟成為合作夥伴！」

今天大會安排了唐麥克的一個主題演講，所以進入會場之後，唐麥克便被工作人員領到了第一排的座位上，劉嘯和李易成則在後面找了一個僻靜的位子坐下。

「劉嘯，你真有什麼項目要和微軟合作？」李易成問道。

「其實當初搞策略級產品的時候，我就想和他們合作，可惜他們的條件太苛刻，我只好自己做了！」劉嘯笑說，「但現在不一樣了，既然是他們主動提出要合作，那主動權就在我手裏，能夠和微軟這樣的巨無霸合作，我可以省不少的力氣！」

「那你準備和他們搞什麼？」李易成又問。

「和他們合作推廣你的那款防毒軟體！」劉嘯說道。

「推我的防毒軟體？」李易成非常意外，簡直是太意外了。

「微軟有管道，你有先進的防毒技術和理念，如果能促成這樁合作的話，你的易成軟體可就發了！」劉嘯笑說。

李易成按捺住心裏的激動和詫異，問道：「這事有譜嗎？」

「可以試一試！他們一直缺少一套穩定而有效的防毒軟體核心，而你的防毒引擎是全球同類產品中最好的，你們存在著合作的前提。再說，我們的那個個人安全平台不是已經組建起來了嗎，如果把這個東西推銷給微軟的話……」劉嘯嘿嘿笑著。

「微軟在全球都有完善的服務網路，如果真把個人安全平台推銷給微軟，那這個平台就會迅速成為一個覆蓋全球的多語種、多國家的個人安全服務平台！」李易成激動地說。

「是啊，微軟根本瞧不上小項目，但一定會對這個項目感興趣，人們可以使用不同的防毒軟體，但都希望得到一樣的安全服務和諮詢，通過這個平台就可以實現！」劉嘯說，「這個平台要讓我們自己來做，最好的結果，就是服務國內六成到九成的互聯網用戶；但讓微軟來做，那可是一個全球性的二十四小時網路安全救助平台，目前各種防毒軟體為了保有自己固有市場而故意設置的障礙，就會被這個平台打破！」

「是啊是啊！」李易成站了起來，「那我先走了！」

「幹啥去啊！」劉嘯大愕，「這大會都還沒開呢！」

「我回去準備資料啊！」李易成大眼看著劉嘯，「總不能晚上和那個唐麥克談，什麼都沒準備吧！」

劉嘯想攔住李易成，可李易成始終坐不住，一番瞎折騰之後，還是跑回去準備資料去了。

等來賓來得差不多了，市長宣布高峰會開幕。

大會的第一場講演，自然也就是這位市長的了，他像一位說客一樣，把雷城的各項優惠政策簡單地介紹了一下，此時每位來賓的手上也都收到了兩份資料，一份是關於雷城優惠政策以及各招商負責人的聯繫方式，一份就是大會的日程安排。劉嘯看了看，自己的主題演講果然是被排在最後一位。

市長講完之後，便是顧振東上台，他講了華維的發展。然後就是微軟的唐麥克、因特爾的副總裁等等重量級人物上台，劉嘯聽了聽，這些人的演講並沒有多大的含金量，全都是一些很廣泛的展望。

不過話說回來，這又不是技術研討會，聽不到有價值的東西也是情理之中的事。之所以大家還會來參加，一是出於情面，二是想通過大會認識自己想認識的人，大會之下的交流，才是大家所看重的。

鮑比的方案被移交給網路安全部討論，經過專家的論證和核實，鮑比的方案確實可行。於是方案很快又被移交到國防部，國防部在考慮和調查後，便給情報部發來了最後的定論：方案可行，通過！

蘭登拿著這個結果走進了負責人的辦公室，將這事彙報給負責人。

負責人看著蘭登遞過來的各種資料，有網路專家的論證，有國防部的批覆，「蘭登，你對此事有什麼看法？」

蘭登鎖著眉，似乎在思考什麼，沒有回答負責人的問題。

「你有什麼想法就儘管說！」負責人知道蘭登有話要說。

「將軍，這方案確實是無懈可擊，這一點連專家都挑不出什麼毛病來，可我覺得這只是個表面現象！」蘭登說。

「哦？」負責人有些意外，「你具體說說！」

「根據我的調查，這種外三內三的防禦體系，英國在六年前就已經開始著手組建，至今已經為英國的網路服務了五年多。總共六層的防禦體系，乍一聽，會讓人覺得非常完善且安全，但不可否認的是，在網路安全領域，沒有任何一項技術可以在服役五年之後仍然可以保持其先進性！」蘭登看著負責人。

「你是說，這種安全體系是快要被淘汰的技術體系？」負責人聽明白了蘭登的話，這確實是個不能忽視的問題。

「即便是這種外三內三體系不落伍，但這項方案的總預算高達六十億美金，僅僅是外三體系，便要花費五十二億美金，有這筆錢，我們完全可以購買軟盟的策略級產品，畢竟這是大家都認同的新的安全標準，一兩年之內都不會被淘汰！而且軟盟的策略級產品完全可以實現外三內三，硬體防火牆其實就是執行外三的功能，而他們的軟體產品可以讓我們不必進行任何改動的情況下就可以直接實現內三的功能。」

這點是蘭登最不可理解的，之前F・SK故意提高對F國的策略級產品供價，遭到了國防部的反對，為什麼國防部這次又很痛快地通過了鮑比這個方案呢，鮑比這方案所花費的金錢，可比提價之後的策略級產品還要多很多。

負責人沉著眉，把那些資料又翻了一遍，所有網路專家的論證中，竟然都沒有提到蘭登說的這個問題，是專家們疏忽了，還是這些專家都不如蘭登這個業餘選手呢？

負責人把那些資料往桌上一放，「你說的很有道理，但我想國防部能通過這份方案，肯定也有自己的考慮，這樣吧，我現在就找國防部的人問問，把這件事搞清楚！」

蘭登一點頭，道：「依我看，國防部的人之所以會通過這方案，可能多半是因為他們已經公開宣布了軟盟的策略級產品不安全。我覺得還是應該再找網路專家對我剛才提到的問題重新做一次論證，這麼大的預算，我們不能打了水漂。」

「好！」負責人抓起桌上的電話，「我現在就找他們反映一下這個情況！」

負責人的電話還沒撥通，通信兵便走了進來，看見蘭登，道：「將軍，鮑比先生來了，找你有事商量！」

負責人一使眼色，蘭登便心領神會，跟著通信兵走出了負責人的辦公室，順便帶上了門。自己質疑這方案的事，在沒弄清楚之前，可不能讓鮑比知道，這種技術神人，最忌諱的就是別人質疑自己的水準和能力。

蘭登回到自己辦公室，鮑比已經等在了那裏，「蘭登將軍，最近幾天網路可太平？」

蘭登笑說，「我現在終於知道鮑比先生這名頭大有價值了，如果你的個人身分印章能一直掛在我們的伺服器上，我們每年至少可以減少三四十億美金的網路防禦預算！哈哈！」

鮑比一聽，臉上難得露出一絲笑意，擺了擺手，「這只能暫時應急，那些攻擊的駭客只是在沒弄清楚狀況之前，出於謹慎才放棄了攻擊，他們並不是怕我，駭客的圈子裏，從來就沒有誰怕誰這一說。」

「鮑比先生太謙虛了！」蘭登笑說，「也不是隨便誰掛個個人印章上去，就都能嚇退前來攻擊的駭客嘛！」

「蘭登將軍！」鮑比看著蘭登，「我聽說國防部已經對我的那份方案做出了批覆？」

「目前只有初步的批覆，最後的批覆還沒下來，正在徵求各部門的意見！」蘭登臉上笑著，心裏卻暗自納悶，國防部的批覆也不過剛剛下來，這鮑比就追到了這裏，他的消息未免太靈通了吧。

鮑比沒說什麼，只是微微一頷首，又道：「我上次說的另外一個方案，不知道蘭登將軍考慮得如何？」

「什麼？」蘭登有些納悶，不知道鮑比說的是什麼事。

「我看報導，說中國雷城目前正在召開一個關於互聯網和軟體技術的高峰會，全球知名的ＩＴ企業統統雲集，中國國內數家網路安全企業也都參會了，特別是那個軟盟的掌門劉嘯，明天他還會有一個主題演講！」鮑比瞥了一眼蘭登，「你不覺得這是一個機會嗎？」

蘭登終於明白了過來，鮑比說的是故意製造事端，誘捕中國駭客的計畫，「鮑比先生有什麼具體打算了嗎？」

「雷城為這次的高峰會還專門建立了一個網站，負責各方面的報導以及向全球播放高峰會的視頻！」鮑比捏了捏自己手指，「我已經測試過了，他們的伺服器並沒有安裝策略級產品，完全有機會拿下！」

「你是想拿下這個網站，向他們示威，激怒他們？」蘭登問道，有些皺眉，「可這似乎跟中國駭客無關，拿下這個網站，丟臉的會是雷城的市政府，而不是中國駭客！」

「這看你怎麼操作了，如果你拿下網站後指名道姓地向劉嘯挑戰呢？」鮑比呵呵輕笑兩聲，「劉嘯是中國最厲害的安全專家，他此時正在參會，恰好高峰會的網站被駭，並且無法恢復，你認為雷城方面第一個會想起的救火隊長是誰？」

「那當然是劉嘯了！」蘭登點頭，原來鮑比的打算在這裏啊。

「我已經擬好了全盤的攻擊計畫，只要劉嘯到伺服器現場，就肯定會知道對手是誰，而且一定會來報復，我瞭解他的性格！」鮑比一副運籌帷幄的樣子。

蘭登也很瞭解劉嘯的性格，如果這事真讓劉嘯知道是有人故意做的，那他肯定會報復的，這點毋庸置疑。

「鮑比先生，那你準備引誘劉嘯來攻擊哪個預定目標呢？」

「網路安全部！」鮑比看來是早有打算，想也不想便說出了答案，「網路安全部的追蹤設備齊全，而且有很多的專家可以分派協調，只要劉嘯來攻擊，就一定能抓住他的尾巴，這次我要讓他永無翻身之機。」

蘭登微微一思索，便道：「那鮑比先生有幾分的把握？」

蘭登有些遲疑，那劉嘯可不是好對付的，連西德尼都失敗了，現在蘭登對於抓住劉嘯尾巴的事已經不抱任何希望了，他只希望能通過別的途徑來打擊和削弱軟盟。

「八成！」鮑比很肯定地說道，他好像特別喜歡說「八」這個數字。

鮑比說得如此自信，蘭登也不好再問什麼了，只好道：「那我現在去聯繫一下網路安全部，看一下他們的意思！」

「不用！」鮑比站了起來，「你帶我去網路安全部，我親自給他們講講我的誘捕方案！」

蘭登頓覺頭疼不已，不過鮑比現在是國防部欽點的網路安全顧問，人家要去網路安全部，那是很正常的事，自己也不好攔著，算了，到底能不能做，就讓網路安全部的人自己拿主意吧。

想到這裏，蘭登便道：「好，我現在就陪鮑比先生一起過去！」

劉嘯好不容易才回到酒店，剛躺到床上想歇一會，就傳來了敲門聲。

「要命啊！」劉嘯極不情願地從床上爬起來，這幾天他是會上不忙會下忙，應酬排得滿滿的，很多人都想看看有沒有和軟盟合作的機會，劉嘯一晚上應付了三撥，現在都快累翻了。

「誰啊？」劉嘯問了一句，打開房門，發現外面的人是顧振東，於是趕緊讓開門口，「顧總，怎麼是你，快請進吧！」

「不進去了，你趕緊收拾一下，帶上你的那些傢伙，跟我走一趟！」顧振東面色很不好看。

劉嘯一時沒明白過來，「什麼傢伙？」

「當然是你做安全檢測的工具了！」顧振東說著。

「出什麼事了嗎？」劉嘯問了一句，回身把桌上的那台筆電合起來，往包裏裝。

「路上慢慢說吧！」顧振東幫著劉嘯把東西收拾好，然後一起出了酒店，他的車子就等在門口。

一上車，顧振東便道：「這次高峰會，市府專門建了一個網站，用來及時發佈高峰會的各種資訊，並且提供所有主題演講的視頻。剛才我接到市府的電話，說是網站被駭了，網監的專家在現場搞了半天，讓我請你過去看看！」

「被駭了？」劉嘯有點意外，「沒有採用策略級防護嗎？」

顧振東搖頭，「這事市府有專人負責，不歸我管，不然怎麼會出這種事。」

「沒事，去看看就知道是怎麼回事了！」劉嘯咬了咬嘴，奇怪了，誰這麼無聊，駭了網站伺服器也就罷了，怎麼還弄得無法恢復了呢。

兩人趕到市府的機房，許多網管正在忙碌著，還有兩個穿著網監制服的員警站在那裏商量著什麼。

「顧總你好！」現場的負責人一下就認出了顧振東，隨即也認出了劉嘯，「劉總你好！你可來了，這下我們就放心了！」

「丁主任，這次網站的事是你負責的？」顧振東顯然是認識這個負責人。

「是啊！」丁主任有些尷尬，「這不就想著讓劉總過來給幫忙看看嘛！」

顧振東嘆了口氣，朝劉嘯一抬手，「走，咱們進去看看吧！」

「兩位老總請進，我帶你去看看那台伺服器！」丁主任急忙在前面領路，把兩人領到了那兩個網監站著的地方。

「就是這台伺服器，伺服器原來的帳號密碼被刪除了，換了新的帳號密碼，現在網監的專家正在破解密碼！」

劉嘯點點頭，他已經看到了伺服器外又接了一台負責破解密碼的電腦，看那破解進度顯示，估計沒有七八個小時是不會有結果了。

「那人駭了伺服器後，有沒有留下什麼線索，比如說在網站上留言，或者竄改網頁？」劉嘯問。

「這位是軟盟的劉總！」丁主任急忙給兩位網監介紹著，「你們把具體的細節給劉總說明一下！」

兩位網監一聽，立刻重視了起來，劉嘯的大名，凡是業內的人，有哪個不知啊。

「對方竄改了我們的網站首頁，但由於發現及時，我們更改功能變數名稱指向，把網站定位到了另外一台伺服器上，但那台伺服器上什麼也沒有，這次高峰會的所有資料，還都在這台伺服器內。」

「竄改後的網頁是什麼樣子？」劉嘯問。

「我這裏有備份！」一位網監在旁邊一台電腦上一敲，隨即顯示出一個頁面，頁面黑乎乎的，中間是血紅色大字，劉嘯一看，就覺得這頁面風格很熟悉，前段時間商越大鬧F國，似乎就是這種風格，可這肯定不會是商越幹的了，難道是F國有人故意報復？

劉嘯看了看頁面上那幾個字，似乎是一首詩，但有些不著調，最後一句是「我站在你的面前，你卻看不到我V」。

劉嘯注意到了最後的那個字母V，按說此處應該是句號才對，怎麼會是個字母V呢，這兩個鍵並不在一塊，似乎沒有按錯的可能啊！

「劉總，你是不是發現了什麼？」網監的人看劉嘯的表情，似乎有所發現。

「我是覺得最後這個字母有點奇怪！」劉嘯指著那個字母，「整首詩的標點符號都沒有錯誤，為什麼最後一個反倒錯了呢？」

「可能是入侵的駭客一時按錯了鍵吧！」網監的人分析著，「一般入侵者進入目標之後，都會高度的緊張，按錯鍵也是很正常的事。」

劉曉搖了搖頭，皺眉思索起來，他覺得這個字母Ｖ並沒有那麼簡單，「Ｖ！Ｖ！」

劉嘯喃喃自語了幾遍，突然想起一件事來，Ｆ國的那些網站伺服器最近幾天不知道怎麼了，昨天商越打電話來，說是不管去刺探哪個，總會回傳一大堆的字母Ｖ，難道這兩件事會有什麼關聯嗎？

劉嘯想到這裏，拿出手機開始撥商越的電話，「商越，我問你，昨天你說Ｆ國伺服器會送回很多個Ｖ，是怎麼回事？」

那邊商越似乎是睡著了被吵醒，頓了好半天才道：「Ｖ？Ｖ？哦，你說那個Ｖ啊，我已經查過了，根據網上的消息，說這是一個叫做鮑比・麥金農的安全專家的個人標識，可我以前並沒有聽說過這個人。出什麼事了，你怎麼會突然問起這個？」

「哦，沒什麼，就是想起來問問！好，不打擾你休息了，你睡吧！」

劉嘯說完便掛了電話，「鮑比・麥金農？」劉嘯直搖頭，自己也沒聽說過安全界有這麼一位專家啊，竟然還敢把個人標識掛在伺服器上來用來嚇唬前來攻擊的駭客，聽都沒聽過，嚇唬誰啊？

劉嘯撇了撇嘴，不管怎麼樣，試試吧，於是收好手機，對那網監道：

「你先把破解器暫停一下！」

網監敲了一下鍵盤，破解密碼的工作隨即暫停。

劉嘯來到那伺服器前，在密碼一欄輸入了英文字母的鮑比・麥金農，電腦便顯示「正在登陸」。

這一下，不光是那兩個網監，就是劉嘯自己也有些愣了，還真讓自己給猜著了，這個字母看來真是攻擊者故意留下的，而且就是那個沒聽說過的安全專家鮑比・麥金農留下的。

劉嘯有些納悶，既然攻擊的駭客故意修改密碼鎖死了系統，那他的目的就是不想讓人輕易再進入這伺服器，那他再留下這個字母做提示，豈不是有些多此一舉了嗎？

「難道他是故意想讓誰看到嗎？」

劉嘯想到了這個可能，不會就是讓自己看的吧？除了軟盟，現在似乎也沒人去天天盯著F國了，更不會有人知道聽都沒聽過的鮑比・麥金農，再說了，全中國有那麼多的網站伺服器，對方卻偏偏挑中了這次高峰會的網站來留這個記號，那就是已經確定了觀眾群。

「真不愧是軟盟的大掌門，國內的頭號安全專家，你看看，你看看！」

丁主任這下可樂壞了，過去來回瞅著那個伺服器，「到底是高手啊，一出手不到兩分鐘，這密碼就給解開了，厲害厲害，佩服佩服！」

丁主任朝劉嘯豎著大拇指，滿臉的敬佩。

那兩網監的專家也愣了，這真是神了，一個字母V就把這密碼給解開了，這軟盟的掌門到底是掌門啊，還真有些道行啊！

劉嘯苦笑一聲，走過去，在伺服器上調出剛才的攻擊記錄看了看，沒發現什麼特別的，這是因為攻擊日誌已經被清除了。

劉嘯搖了搖頭，放開那伺服器，站在一旁思索著，這是高手啊，做得如此天衣無縫，進來之後能夠輕而易舉刪掉帳號，改掉密碼，還能把所有日誌都清除掉，竟然沒一個網管能發現，那他的目的是什麼呢？

「劉總！」那網監在伺服器上鼓搗了半天，然後回過身看著劉嘯，「被竄改的網頁我已經恢復了，你看是不是現在就把功能變數名稱轉過來，總不能老讓人看那個空網站吧！」

「好好好，轉過來！」丁主任一旁笑著，問題總算是解決了。

這網監就要動手，劉嘯卻道：「不急，不急！」說完又回到伺服器上，「我再看看！」

第九章　以牙還牙

「我怎麼駭雷城的網站，他現在就怎麼駭我們，那些檔我估計已經被他種植了機關程式，如果不更換，一旦網站恢復，就會再次給機關程式竄改！」鮑比皺著眉，他沒想到劉嘯沒按照自己的套路來，而是選擇了以牙還牙。

劉嘯打開背包，把自己的筆電掏了出來，然後接上網路線，和那伺服器連結在了一起，「我先測試一下，試著虛擬一下伺服器已經正常接入網路的狀態，看看對方還有沒有留什麼後招！」

劉嘯稍微給大家解釋了一下。

劉嘯運行了一個工具，將自己的電腦和那伺服器的ＩＰ重新進行了設置，然後又運行一個虛擬功能變數名稱管理系統，將伺服器的ＩＰ和之前的正確功能變數名稱虛擬綁定，最後在自己的電腦上輸入功能變數名稱位址，對那伺服器進行正常的訪問。

頁面一打開，那丁主任又叫了起來，「對了，對了，就是這個頁面，這下可好了！」

劉嘯也沒說什麼，只是再次刷新了一下那個頁面，等頁面再打開，所有人就傻了，特別是那丁主任，笑容直接速凍在臉上，因為又被竄改了，還是剛才那黑底紅字的模樣。

「怎麼會這樣？」網監的專家十分納悶，「我剛才檢查了一下，伺服器上沒有被打開後門啊！」

能不納悶嗎，這伺服器還沒接入網路呢，怎麼又被駭了。

「這不是後門！」劉嘯笑說，「是機關程式！」

劉嘯心裏覺得很好笑，這是跟自己較勁呢，好在自己早料到不會那麼簡單，一個小小測試便試了出來，否則等功能變數名稱轉回來，那就完蛋了。明天肯定會有人講笑話，說雷城的高峰會網站讓人給駭了，在修好的下一秒，又讓人給駭了，連丟兩次人！

「神了！」網監的專家也笑說，「劉總，你真是神了，你怎麼知道對方會埋下機關程式呢？」

「我又不是鐵嘴半仙，能未卜先知，只是為求安全，先做了一個測試罷了！」劉嘯笑著收起自己的工具，「我們做安全的，在處理這種事的時候，一定要心細，不能一個坑裏跌兩回！」

「對對對，劉總說的是！」網監的專家微笑頷首，「那現在該怎麼辦？」

「很簡單，把機關程式找出來就可以了！」劉嘯站起來，指著電腦螢幕，「根據剛才的測試，我初步判斷，機關程式觸發得有兩個前提，一是功能變數名稱綁定，二是有外部用戶正常訪問網頁，這個我可以給你們再驗證一遍！」

劉嘯說著，又走到伺服器跟前，把那個正常的網頁找出來給網監的專家看看，誰知一點，發現這伺服器的帳號密碼又被改了，劉嘯無奈，再次輸入鮑比・麥金農，進入伺服器，刪掉了被竄改的網頁，把正常的網頁恢復過來，然後就在伺服器上打開那正常網頁，連續刷新好幾遍，網頁正常，並沒有被竄改。

劉嘯又回到自己的電腦上，把虛擬工具打開，設定好之後訪問伺服器的網頁，一刷新，又被竄改了。

「大家都看見了吧！」劉嘯說，「只有外部用戶使用功能變數名稱訪問時，機關程式才會被觸發，所以我判斷，這個機關程式，一定就在網站首頁需要調用的檔裏！」

劉嘯又把伺服器恢復，重新打開正常的網頁，看著首頁上顯示的所有東西，「大家都看看吧，看看這個機關程式藏在什麼地方！」

一幫人守在螢幕前，這也看不出什麼啊，頁面也沒什麼，背景是雷城市府，中間是個捲軸，及時播報著高峰會的各種文字報導，右邊是人物風采，都是來賓們的照片，下面則是大會的日程安排和提示，左邊是一個視頻視窗，此時正播放著市長宣布高峰會開幕時的錄影。

「沒什麼特別的啊！」幾人看得眼睛都酸了，也沒發現什麼特別的，所有的檔都正常顯示。

「劉總，還是你來給大家分析分析吧！」網監的人倒也很謙虛，「這些檔全都能正常顯示，我實在是看不出哪裡不正常！」

「其實機關程式能被觸發，前提就是它的宿主程序能夠正常運行，這樣才會觸發它的機關消息，只有一些極高明的機關程式，才能在宿主程序不運行的情況下，也能開啟機關消息，不過會這種技術的人，全世界也找不出五個人來，他們可沒工夫來駭咱們這個高峰會網站！」劉嘯看著那網頁，「現在所有的檔都能正常顯示，就說明這些檔都有可能是機關程式的宿主。」

「哦！」幾人大悟，原來還有這個說法啊，「那咱們先從哪個查起呢？」

「從嫌疑最大的排除吧！」劉嘵指著那個正在播放的視頻，「高手可以讓機關消息在任何檔中都能執行，而一般剛入門機關程式技術的人，只能利用一些特定檔的可執行漏洞來打開機關消息，這個網站上符合條件的，只有圖片和視頻，相對來說，往視頻裏添加可執行代碼的機率會大一些。」

「那我先把這段視頻掐掉吧！」網監的專家說完，在網站的檔裏，找到這段視頻，將這段視頻改了名字，然後移到了別的地方。

做好這一切，劉嘯又重新在自己的電腦上打開伺服器的網頁，除了視頻沒有被播放外，其他的地方都正常顯示了。劉嘯再次刷新，頁面重新打開，還是一樣，除了視頻，其餘都正常顯示，那個被竄改的頁面，這次並沒有出現。

「成了！」網監的專家一陣興奮，「看來機關程式就是躲在那個視頻裏，真是厲害啊，我還是頭一次碰到這種情況，你說這攻擊者到底是怎麼想的，他難道是故意想讓我們多次出醜？」

「或許是吧，或許也不是！」劉嘯說了個模稜兩可的話，他知道對方可能不是針對高峰會，很有可能是針對自己來的，頓了頓，「所有的視頻和圖片都要檢查，有問題的都要刪除，最好是找到原版的檔，重新替換。」

「對對對！」丁主任點頭，「安全第一，小心為上，這些檔我們都有備份，可惜的是備用伺服器上沒有網站程式，所以才會這麼被動！」

「那就好！」劉嘯點了點頭，「不過你們以後一定得注意做好網路安全工作，這麼重要的一個高峰會，你們的網站伺服器上竟然連個像樣的反間諜軟體都沒有！」

「對對對！」丁主任還是點頭，「我現在就讓他們馬上裝上最好的，就用軟盟的反間諜軟體，你看這樣怎麼樣？」

劉嘯無奈搖頭，說得好像自己是來推銷產品的一樣，真是鬱悶，不過劉嘯也不會計較，隨便他怎麼說吧！

一旁的顧振東看出了劉嘯的不高興，當即喝道：「丁主任，你這是怎麼說話的呢，市裏把這麼重要的事交給你負責，你本來就應該用最好的安全產品，難道這還有什麼疑問嗎？再說，這次要不是劉總還賣我幾分面子，你就是用八抬大轎，也未必能讓劉總親自過來給你做這個反入侵的檢測！」

丁主任一愣，隨即反應了過來，急忙陪著不是，「你看我這嘴，劉總你別見怪，我不是你想的那個意思，我這人就是嘴笨，你放心，我今後一定做好安全工作，所有的產品，我都用最好的！」

劉嘯笑著擺了擺手，「沒事，我沒有多想，你也別當真，抓緊時間恢復吧，拖得時間久了，我怕市裏會追究你的責任。」

「是是，我這就安排！」丁主任說著，就立刻安排人去找備份，準備把所有有可能被感染機關程式的檔全部替換掉，然後又讓人打軟盟的廿四小時銷售電話，緊急購買軟盟的軟體。

「對了！」劉嘯看著丁主任，「這個感染了機關程式的視頻檔，我想拷貝一份回去做個研究！」

「這又不是什麼機密東西，劉總想研究，儘管拿去就是，這東西到你那裏有用，在我這裏，可就是個禍害，劉總想帶走，我們感激還來不及呢！」丁主任滿嘴帶蜜，就這嘴，還說自己嘴笨。

劉嘯哭笑不得，搖著頭，把那視頻檔複製到自己的電腦裏，然後看著那兩個網監的專家，「這裏就交給二位了，你們多費心，我就告辭了！」

兩位網監專家同劉嘯握手，「劉總慢走，今後有空的話，我們希望能跟你多做一些交流，今天可讓我們學到不少東西啊！」

「相互學習嘛！」劉嘯笑著，「兩位以後有什麼問題，可以隨時來找我，大家一起分析討論！」說著，劉嘯從口袋裏掏出名片，分發到了兩位網監專家的手上。

等劉嘯和顧振東出了機房，兩位網監看著劉嘯的名片，嘖嘖道：「真不愧是國內頭號的安全專家啊，技術上沒得說，連人也這麼謙虛，人家能把軟盟搞得那麼大，那真不是吹的。這樣的人要是不發達，那真是沒天理了！」

「得！咱們還是趕緊收拾這爛攤子吧！」另外一位網監囑咐著，「名片你可收好了，回去咱要好好顯擺一把，之前讓他們來這邊解決問題，誰也不願意，這下後悔死他們！呵呵！」

回到酒店之後，已經是大半夜了，劉嘯回到房間的第一件事，就是重新去訪問高峰會的網站，發現網站已經恢復了正常，刷新兩次，也沒有再出現被竄改的情況，劉嘯向那伺服器發去探測消息，送回的資料證實，網站的伺服器此時已經安裝了軟盟的策略級防護軟體。

劉嘯這才有些放心，關掉網頁，又把自己複製回來的那個視頻檔找出來，他得把這個機關程式從視頻檔裏剝離出來。

劉嘯這麼做，並不是覺得這機關程式有什麼可研究的價值，這樣的機關程式，是劉嘯早就淘汰了的技術，而是劉嘯想從這個機關程式裏找一找攻擊者的線索，因為他確實沒有聽說過這個鮑比．麥金農的名字。

劉嘯在網上開始搜索所有和鮑比．麥金農有關的消息，搜索出來的結果顯然都不是他想要的，有鮑比．麥金農和隔壁鄰居打官司的消息，有鮑比．麥金農製造連環殺人案的消息，甚至還有找尋鮑比．麥金農的尋人啟事，但就是沒有一條消息能和駭客掛上鉤。

劉嘯無奈，這要找到什麼時候去啊，劉嘯只好把鮑比．麥金農的名字和駭客同時作為搜索條件去搜索，意外地發現，搜索出來的結果竟然只有一個。

這條消息也很簡單，就是簡單地介紹說鮑比．麥金農是一位安全專家，經常使用V字拼成的圖案作為自己的身分象徵，其餘就什麼也沒有了，麥金農是哪國人，曾做過什麼安全案例，統統沒有。

劉嘯捏著下巴，這就奇怪了，既然是安全專家，又不是駭客，怎麼會跑來入侵雷城高峰會的網站呢，難道是改行了不成？

劉嘯想要多一點資料來做個判斷，看來也是不可能了，他只能看懂中文和英文，就是其他語言能搜索出什麼結果來，他也看不懂。

此時正好工具將機關程式從視頻檔裏剝離了出來，劉嘯便放棄了資料搜集，還是看看機關程式裏有沒有什麼線索吧。

分析資料，從紛繁複雜的代碼裏找出線索，一向是劉嘯的特長。劉嘯將剝離出來的機關程式打開，在解析出的代碼裏尋找著任何和程式作者有關的線索，只用了十來分鐘的時間，劉嘯還真的找到了幾處。

將這些代碼還原，劉嘯分別得到了幾個結果，「鮑比．麥金農」、「中國駭客全是蠢材」、「誓將中國駭客趕盡殺絕！」

「我靠！」劉嘯不禁咒罵一聲，中國駭客招你惹你了，還是放火把你家給燒了，怎麼這麼大的怨氣呢。

劉嘯再往下看，就看到了重點，「有種來挑戰吧！」

「挑戰什麼？」劉嘯納悶，趕緊又從代碼堆裏把這段代碼找了出來，然後在這代碼的後面又找到一些代碼。

劉嘯剛才沒注意，現在一看，憑直覺，他覺得這些代碼還原過來，應該是一個ＩＰ位址才對！

劉嘯複製了代碼，放入還原工作進行還原，果然，出現一個完整的ＩＰ位址，一看就不是國內的地址。劉嘯調出自己的ＩＰ位址查看工具，輸入這個ＩＰ位址，很快，結果顯示了出來，這個位址來自Ｆ國網路安全部。

「果然是他們！」劉嘯搖頭，這幫傢伙難道是找了幫手嗎，否則怎麼突然會轉守為攻了呢，還主動出來挑戰自己，今天這一切，明顯就是事先詳細策劃的。

「為什麼呢？」劉嘯很費解，就算找到了高手，那麼他們第一件做的事，應該是趕緊完善Ｆ國的網路安全狀況，而不是向自己挑釁，如果網路狀況不改善，別說自己出什麼新招數，就是只用之前商越的招數，也還是照樣攪得他們天翻地覆。

「圈套！」劉嘯非常肯定地點了點頭，「這是個圈套！」

F國給出固定位址刺激自己去攻擊，很明顯就是事先都做好了萬全的準備，挖好坑等自己往裏跳。

「老子會那麼傻嗎？」劉嘯自嘲地笑了笑，明知是圈套，只有傻子才會去鑽。

事情已經搞清楚了，劉嘯也準備關機睡覺，折騰這一天，真是累死了。合上電腦，脫掉鞋襪，劉嘯往床上一倒，腦袋剛挨到枕頭，便又坐了起來，「不對啊！」F國敢這麼明目張膽地誘捕自己，到底是哪裡來的這份自信呢？

劉嘯從床上翻了起來，又去打開了電腦，剛才的睏意一下沒了，除了踏雪無痕之外，他還真的沒有懼怕過誰，他怕的就是遇不到高手，每次和高手交手，總能讓自己學到不少東西，能讓自己有一次新的飛躍。所以想到自己有可能碰到一個高手，或者是一個高明的佈局，劉嘯就開始興奮起來。

「去探探？」劉嘯坐在電腦前，自己問著自己，愣了半天，劉嘯狠狠地點著頭。

「去探探！」劉嘯倒想知道知道，這個鮑比·麥金農是不是真的能把中國駭客趕盡殺絕，如果能，那就先從我劉嘯開始吧，劉嘯還就是個不信邪的人。

F國的網路安全部。還是上次西德尼坐的那個位子，此時位子上坐的人，已經換成是鮑比·麥金農。

「鮑比先生！」韋伯上校走了過來，「雷城高峰會的網站已經恢復了！」

鮑比看了看錶，心裏暗道速度好快啊，然後問道：「網頁刷新之後，有沒有什麼變化？」

韋伯搖了搖頭，「一切正常，完全恢復了！」

鮑比似乎是有些不相信，就在自己面前的電腦上打開了雷城高峰會的網站，連續刷新了幾次，頁面都是正常顯示，鮑比又點擊了其他的幾個視頻，視頻是正常播放了，但他想看到的黑底紅字的頁面卻是沒有看到。

「看來雷城是請了劉嘯過去，劉嘯這個中國駭客頭子，還是有幾分道行的！」

「那我們現在怎麼辦？」韋伯看著鮑比。

「估計很快劉嘯就會來進攻我面前的這台伺服器！」鮑比看著電腦，「我已經在電腦上布下了追蹤軟體，而且還跟幾台電腦做了一個防禦體系，到時候會對進攻者進行迅速的追蹤和分析，只要他敢來，我們就一定能抓到他的尾巴，到時候讓他身敗名裂！」

「劉嘯是個非常聰明的人，我想他肯定能猜到我們在這裏布好了局，想要讓他乖乖來進攻我們指定的伺服器，怕是有些困難吧！」韋伯看著鮑比。

鮑比抬手搖著，「你不瞭解中國駭客，即便他們是駭客，也擺脫不掉中國人的弱點，他們好面子，把面子看得比一切都要重要，他們有句話叫做『明知山有虎，偏向虎山行。』，只要劉嘯查到事情的原委，他就一定會來攻擊我們這台伺服器！」

「那我讓大家都提高警惕，隨時防範劉嘯的入侵！」韋伯說完，走了過去，挨個給大家通知了一下，然後對著控制大廳所有人喊道：「現在進入緊急狀態，大家都打起十分的精神，任何一個蛛絲馬跡都不能放過，有什麼情況，立刻彙報！」

「報告！」韋伯的話音剛落，就有個網管站起來喊著：「我們的網站被駭了，主頁被竄改！」

「靠！」韋伯大怒，走到了一台電腦前，輸入網路安全部的網址，打開一看，差點吐血，黑底紅字，跟雷城高峰會網站被駭一模一樣，一字不差，特別是最後的那個V，根本就是翻版。

大廳裏的許多工作人員聽到自己部門的網站被駭了，也都不約而同打開了網站，想看看到底是個什麼情況。

「對方是怎麼進來的？」韋伯捶了一下鍵盤，大聲問道。

「報告上校，我們發現的時候就已經是這個樣子了，網站伺服器已經派專家去修復了，結果很快就能出來！」網管回答著韋伯的話。

「以彼之道，還制彼身！」鮑比冷笑了兩聲，盯著眼前這熟悉的頁面，這頁面可是他自己做的啊，他是最熟悉不過了。

「韋伯上校！」鮑比喊著韋伯，「你告訴去修復的專家，伺服器上所有網站需要調用的檔，圖片、視頻之類的，全部更換成備份。」

「嗯？」韋伯看著鮑比，不知道他這是什麼意思。

「劉嘯這是在較勁，我怎麼駭雷城的網站，他現在就怎麼駭我們，那些檔我估計已經被他種植了機關程式，如果不更換，一旦網站恢復，就會再次給機關程式竄改！」鮑比皺著眉，他沒想到劉嘯沒按照自己的套路來，而是選擇了以牙還牙。

「怎麼回事？」控制大廳突然傳來一聲驚呼，「我的電腦怎麼失去了控制，不能操作了？」

他這麼一喊，所有的人都趕緊去看自己的電腦，然後就全都人都叫了起來，「我的也不能動了！」、「我的也一樣，怎麼回事啊！」

剛才打開網路安全部網站的人都驚恐地發現，自己的電腦不受控制了。

韋伯趕緊晃動滑鼠，試著去關閉那個被駭的頁面，卻發現連續點了幾次關閉之後，頁面還在那裏，系統根本就沒執行自己的操作。

這邊的鮑比也發現了這個問題，他的電腦也失去了控制。

「不要慌張！」韋伯大喊一聲，「啟動應急方案，將控制大廳的線路轉換到備用線路！」

韋伯驚出了一腦門的汗，問題有點嚴重了，網路安全部門可是負責監控全國的網路狀況的，這下自己什麼也監控不到了，要是這時候發生了什麼意外事故，那自己可就完蛋了。

「呀！」又有人叫了起來，「恢復了，恢復了，又能動了！」

韋伯去看，果然，那個頁面已經自動關掉了，自己的操作指令竟然被延遲執行，他再去晃動滑鼠，點了其他檔，瞬間就打開了，真的是恢復了。

眾人還沒來得及想清楚這到底是怎麼回事，也沒來得及喘口氣，鮑比面前的那台電腦就開始「嗶嗶」叫了起來，有人來攻擊了！

「所有人就位，開始行動！」鮑比喊了一句，迅速拉過鍵盤，準備追蹤前來入侵的駭客。

可等鮑比一看到攻擊列表，一愣，然後又大喊道：「所有人的電腦立刻切斷和我的連結，馬上，現在！」

鮑比看到現在攻擊自己電腦的，一共有七十多台電腦，而這些電腦全部來自網路安全部的控制大廳，這種明顯的攻擊，根本不用追蹤就能看到源頭。

眾人一聽，又一陣手忙腳亂，切斷了和鮑比那台電腦的連結，有的乾脆直接關機，然後把目光都投到了鮑比這邊。

韋伯快步來到鮑比的身後，「到底發生了什麼事？」

鮑比還沒解釋呢，他面前的電腦突然停止了嗶嗶的警報聲，控制大廳頓時靜了下來，剛才的慌亂吵雜，一瞬間像是被抽成真空狀態，鴉雀無聲，只有電腦運行時發出的嗡嗡聲。

所有人都盯著鮑比，而鮑比卻盯著自己面前的電腦，警報聲的停止，說明攻擊者已經停止了攻擊，可電腦的桌面上就在剛才那一剎那的慌亂間，多了一面小小的軍旗，軍旗上的圖案，是一根豎著的中指！

「厲害！」

寂靜了好半天，鮑比才吐出一個詞來，就算他不去看電腦上的日誌，也知道剛才發生了什麼情況，對手確實是按照他的意思來攻擊這台電腦了，只是他沒用自己的電腦來攻擊，而是用網安部的電腦來攻擊網安部的電腦，真是厲害！

韋伯沒弄明白，所以問道：「鮑比先生，這到底是怎麼回事？」韋伯的眼睛依舊盯著那面軍旗。

鮑比咬著牙，「他用控制大廳裏的其中一台電腦，攻擊了我的電腦！」

「立刻啟動備用網路，所有人立刻切斷各自電腦現在的網路連結，馬上！」

韋伯到底是高手，一點就透，立即下達了命令，他要找到那台發起攻擊的電腦，然後從那台電腦的日誌上找到攻擊的真正來源，如果晚一秒鐘，對手都有可能刪掉日誌後跑掉。

「不必！」鮑比抬手阻止了韋伯，「對手要跑早就跑了，再說，我只是說他用這控制大廳中的一台電腦攻擊了我，卻沒有說是由他本人來操作的！」

「呃？」韋伯有些不解，這話太繞舌了，什麼叫做發動攻擊，卻又不是他本人操作的？

「去網站的伺服器！」鮑比來不及解釋，他帶上自己的工具包，「我想那裏或許還有一些有價值的線索！」

韋伯大大地鬱悶，他最恨這種說話只說一半的人，搞得自己現在坐也不是、站也不是，他衝控制大廳的人吼道：「立刻檢查各自電腦，一定要弄清楚對手是怎麼進來的！」說完，把帽子一扣，領著鮑比去了網站伺服器所在的機房。

鮑比在網站的伺服器上一陣搗鼓，最後站了起來，道：「果然和我想的一樣！」

「怎麼樣？有什麼發現？」韋伯上前問著。

「這個劉嘯有些手段！」鮑比臉色陰沉，「他先是攻入網站伺服器，竄改了網頁，然後在網頁中埋下了機關程式，所有打開網站的人都會中招，電腦會失去控制大約十秒左右，在這十秒內，一個自主攻擊程式會被暗中下載到失去控制的電腦中，然後程式自動運行，朝著既定目標，也就是我剛才的那台電腦發起攻擊！」

韋伯沒說話，只是很鬱悶，為什麼自己每次都會掉進這劉嘯的圈套中呢，此人簡直就是心理戰的高手，他在發起攻擊的一剎那，就已經掐算好了，知道網安部的人在知道自己網站被駭之後，肯定會去查看，所以就設下了這麼一個局。

在大家都驚愕於自己的電腦失去控制的那會兒工夫裏，劉嘯則可以慢條斯理地打掃戰場，擦除腳印，然後離開網站的伺服器，因為剩下來的工作會由程式自己去做，已經用不到他親自上陣了。

「多麼天衣無縫的攻擊計畫啊！」鮑比冷哼了一聲，「好在我早有預料，否則這次還真讓這個駭客頭子得逞了！」

「哦？」韋伯大感意外，急忙問道：「鮑比先生還有什麼其他安排？」

「中國駭客的那些臭毛病我早研究得一清二楚了，因此我斷定他肯定會攻擊我們的網站伺服器，所以我搶在了他的前面下手，並暗中在這台伺服器中植入一個負責記錄攻擊者資料的程式！」鮑比面有得意之色，「我的程式已經記錄下了剛才的一切，只是分析資料需要一點時間，不過你可以放心，抓住他蓄意攻擊的真憑實據只是早晚的事情！」

韋伯聽完，非但沒有一絲的高興，反而是更加鬱悶，網路安全部的網站，應該說是這個國家裏最安全可靠的一個門面了，誰知道竟成了別人切磋技術的競技台，而自己作為網安部的負責人，竟然一點察覺都沒有。

鮑比彎下身子，在伺服器上把自己植入的程式找到，把所有的資料日誌拷貝了出來，然後道：「我現在就去分析這些資料，有了結果之後，我會第一時間通知你！」說完，就離開了機房。

韋伯在屋裏鬱悶地踱了幾圈，一拳砸在鍵盤上，然後也直奔情報部，向蘭登彙報這件事情去了。

蘭登聽完韋伯的彙報，便鎖眉沉思，他不知道鮑比誘捕劉嘯的計畫到底是該算成功，還是失敗。要說是成功，可明明那劉嘯就在眾目睽睽之下侵入了那台指定的伺服器，網路安全部的人，包括鮑比在內，在攻擊的過程中沒有一人做出任何反應，從這個角度看，可以說是失敗到家了；但鮑比又在另外的地方有所收穫，他抓到了劉嘯進攻網站伺服器的所有資料，可現在就說是成功，又未免言之過早，鮑比能不能從那些資料中分析出什麼實實在在的東西，還很難說呢。

「這應該是劉嘯做的！」蘭登還是沉著眉，「別人是不可能把一個簡單的攻擊計畫掐算得如此精細，一步一步全都在攻擊者的控制範圍之內，這是劉嘯一貫的攻擊風格。」蘭登頓了一頓，「看來我之前也是有些小瞧了鮑比，他能夠將劉嘯的所有行為全都考慮到，並事先做了安排，倒也無愧於他那個『中國駭客剋星』的稱號。」

韋伯搖了搖頭，不同意蘭登的看法，「全都是因為這個鮑比，本來都已經沒事了，那劉嘯這段時間也沒來搗亂，他倒好，反要去招惹人家。那劉嘯只是用一個小小的程式便能讓我們網路安全部上百台的電腦失去控制，他要是想做出什麼別的舉動，根本就是輕而易舉。」

「正因為如此，我們才必須支持鮑比！一定要抓住劉嘯蓄意入侵的真憑實據！」蘭登站了起來，「像劉嘯這樣的人，只要一日不將他置於我們的約束範圍之內，我們就一天不得安寧！」

韋伯沒說話，悶聲想了半天，他倒不是不同意蘭登的看法，只是今天過於鬱悶了，因為自己的網路安全部以前從沒栽過這種大跟頭。

「我明白將軍的意思，我會繼續支持鮑比的行動！」

韋伯說這話時滿臉愁雲，要是網路安全部再栽幾次這樣的跟頭，別說是支持鮑比，自己還能不能繼續待在網路安全部都很難說了。

送走韋伯，蘭登也是一臉憂煩，鮑比所有的行動，都是由情報部來協調的，包括這次網安部栽的這個跟頭。這也是韋伯急急來向自己彙報的原因，放在平時，網安部的人就是再慫，也不會跑你情報部來露怯的。

第十章　天賜良機

蘭登頓時眼前一亮，那個離間華維的方案，因為鮑比而不得不終止，現在他又看到了一絲希望，這真是天賜良機，劉嘯的莽撞，讓他和華維的合作出現了一絲縫隙，自己只要盯著這個縫隙不放，遲早能給他撕開一道口子。

劉嘯今天走進會場的時候有些發睏，時不時打個哈欠。顧振東看到這情況，心裏有些過意不去，他以為劉嘯是因為幫雷城恢復那個高峰會網站，所以才會睏成這樣，因此特意囑咐會場的招待，給劉嘯送去濃茶提神，今天是高峰會最後一天，重頭戲全在劉嘯身上呢。

劉嘯坐在那裏，檢討著昨天晚上攻擊的得失，因為這次攻擊，是劉嘯駭客生涯中最為倉促的一次，事先根本沒有任何準備，就是臨時的一個想法，便馬上付諸實施，雖然最後僥倖得逞了，但劉嘯還是習慣性地進行一些反思。

劉嘯先是駭了網安部的網站，植入了自己設計的自主攻擊程式，只要處於網安部ＩＰ範圍內的電腦來訪問這個網站，就會中招，失去控制十秒鐘，這些和鮑比的推測完全吻合，但鮑比還是有些失算。

最後攻擊鮑比電腦的，並非是自主攻擊程式，那些都是掩護，其實在電腦失去控制的十秒內，劉嘯就已經拿下了鮑比的那台電腦，而且順利放置了軍旗。要是按照鮑比的猜測，最後一擊是由程式自動完成的，那麼鮑比的電腦上就不應該只有一面軍旗了，而是有幾十面才對。

劉嘯把自己的攻擊過程仔細核實了一遍，覺得過程上並沒有什麼差錯，還算是完美，只是自己有些太過於衝動了，明知是個圈套，卻還往裏鑽，而且事先沒有做足夠多的安全考慮。

劉嘯之所以會這麼想，多半是因為失望，因為他想對方敢給自己下套，是因為有高人坐鎮，這才是引起劉嘯攻擊興趣的真正原因，而結果卻是整個攻擊過程完全都在控制之內，十秒內解決戰鬥，在此過程中，對方一點反應都沒有，那傳說中的高手也不過如此。

劉嘯想得迷迷糊糊之際，就聽見有人開始叫自己名字，抬頭去看，發現之前幾個嘉賓的講話已經結束了，輪到自己上台發表所謂的「壓軸演說」了。

劉嘯強振精神，走上了前面的演講台。

一上台，劉嘯便頓時覺得台上和台下完全是兩個概念，即便是劉嘯早已適應了這種場合，今天還是感覺到有些不同。會場來了很多人，座無虛席，就連旁邊的過道上也站滿了人，除了那些國際巨頭的代表外，剩下的人都是一副滿懷期待的表情。

這些都是國內的業界人士，他們親眼目睹了軟盟半年多來的變化，也見證了一顆超級新星的崛起，作為同行，他們所面臨的問題，其實和軟盟過去半年多所遭遇的差不多，現在軟盟打破了屏障，成為全球具有領導地位的巨頭，而他們還在痛苦地掙扎著，他們今天之所以趕到這裏來，就是想從劉嘯這裏取點經，想聽聽這個業內旗幟人物給國內的這些同行有什麼好的建議。

作為同行，作為過來人，劉嘯當然能夠讀懂下面這些人的眼神，他捏在手裏的演講稿，突然有些拿不出來了，因為他來這裏，完全只是看在顧振東的面子上，他對於這些所謂的高峰會並沒有多大的興趣，所以他準備的「壓軸演講」，其實是一篇毫無內容的稿子，名字叫做「論企業的技術人才培養」！

這是劉嘯覺得唯一能講的東西，因為軟盟在這方面確實是有一套，至於其他的東西，因為涉及軟盟未來的發展思路，劉嘯自然是不會說出來。

劉嘯在上面這一磨蹭，下面的人都很納悶，不知道劉嘯是怎麼回事，怎麼一點動靜也沒有。

沉思半晌，劉嘯把自己手上的稿子往旁邊一放，定了定神，道：「非常感謝這次大會的主辦單位給我這個發言的機會，也謝謝諸位能夠在百忙之中抽出空來聽我嘮叨兩句。」

劉嘯這一開口，台下的人總算鬆了口氣，大家還以為劉嘯是忘詞了呢。

「本次大會的主題，是促進交流、共同繁榮，可能我接下來要說的這個題目，會令在座中的不少人感到不快，在這裏我先向你們道歉！」劉嘯朝下面微微一鞠躬，接著道：「我要說的第一個題目，是如何提高民營高新企業的長久競爭力！」

「除了華維，我想會場內大多數國內的同行都和我是一樣的感受，民營高新企業要想崛起，要想在全球市場佔據一個份額，是一件非常不容易的事！如果我們是因特爾，是微軟，那我們可以借助壟斷地位獲取壟斷利潤，可我們不是市場的『皇帝』！我們只是一群普通人，我們的企業也不大，或許有的甚至連自主的知識產權都沒有，在這種情況下，我們還要面對國際巨頭的全面圍剿，可以說，我們每邁出一步，都要面對巨大的困難和壓力，都會付出慘重的代價，那麼，我們如何才能夠突破這些內憂外患式的屏障，振興民族的高新產業呢？」

劉嘯這個問題一拋出，現場果然就有人不滿意了，首先就是因特爾和微軟的代表，當著他們的面來討論怎麼對付他們，換了誰都不會高興的；第二個不高興的，就是雷城的市長了，他搞高峰會的目的，就是要拉這些巨頭來投資，現在劉嘯說這話是什麼意思，擺明了就是不歡迎這些國際巨頭嘛，這是拆自己的台，拆雷城的台，他當然不會高興。

可劉嘯的話，確實引起了現場不少人的共鳴，這些人中，有很多是幾起幾落，這其中的難處，他們深有感觸，回想起往事，不禁唏噓了起來。

「以前我很不理解，在我的印像中，我們並不是沒有一流的技術，也不缺人才，可為什麼我們偏偏創造不出優秀的企業和叫得響的品牌，直到我接管軟盟之後，才知道了自己的幼稚。我們的一流技術最後反落到了別人的手裏，成了別人佔領我們市場的利器，我們培養的人才，源源不斷地流入了別人的企業裏，我們的企業只是別人的免費人才培訓基地，還有更多的優秀人才，他們整日活在痛苦的抉擇之中，最後要麼選擇了平庸，要麼就成了智慧型罪犯！」

現場有不少人點頭，劉嘯說的確實是實話，過去曾經輝煌一時的企業，最後無不都是這幾個下場。

「軟盟僥倖成功了，如果大家想從軟盟的成功案例上得到什麼啟示的話，那我會給大家開出兩劑藥方：一是團結；二是培養企業的長久競爭力！」

劉嘯直接說出了大家所關心的焦點，然後逐條解釋道：

「我所說的團結，是一種互利的競爭關係，我們的企業都很弱，手裏所能掌握的資源更是少得可憐，用一點就少一點，可如果我們把這些極為有限的寶貴資源全都用在了內耗上，就是一種極大的浪費。軟盟之所以能夠成功，主要原因就是在於和華維戰略合作關係的達成，有了華維這個有力的後盾，我們才可以放手去搏，在這裏，我要對華維的顧總說聲謝謝！」

劉嘯朝著顧振東的方向一鞠躬，接著道：

「企業的長久競爭力，其實大家可以理解為細水長流，我們的子彈非常寶貴，如果不能做到一發子彈消滅一個目標，我寧可不開槍！這是一項長跑運動，一時的躁進並不能解決問題，如果我們沒有做好競爭的準備，不具備競爭的實力，只會讓自己爬得越高，摔得越慘，但只要我們還在場上，我們就還會有機會！」

「如何提升企業的長久競爭力，具體實施起來也很簡單，就是把不必要的開支儘量減少，把更多的時間和精力放在技術的自主創新上，放在產品的品質管理上，只有獨一無二的產品，才會有最大的市場，而在同一產品上，只有CP值最高的產品才最具有競爭力。很多企業並沒有考慮到這點，他們把更多的心思放在了仿冒、回扣以及誇大的廣告上，雖說可以得意一時，但最後失敗的還會是你！只有具備了長久競爭力的企業，才會成為市場最後的主宰。在這點上，因特爾和微軟都花了十年，十年磨一劍，他們最後都成功了，可我們在羨慕他們的時候，是否反思過自己是不是也做好了十年磨一劍的準備？」

說到這裏，劉嘯嘆了口氣，其實有很多話他還想說，只是在這種場合下並不適合說出來。劉嘯掃視了一下台下，接著道：

「今天坐在會場的，不僅是有企業的代表，我看到有好幾位市長也都坐在下面，雷城、海城、封明的市長都到了，我有幾句話，想跟幾位市長說一說！」

劉嘯既然提出了，那幾位市長就是做個姿態，也得點頭啊！

「雷場、海城、封明都是國內在支持高新企業方面做得比較多的城市，特別是雷城，培養出了像華維、騰訊這樣優秀的高新企業，但我要說的是，我們在扶持國內優秀民營高新企業方面，做得還遠遠不夠！」劉嘯看著幾位市長，「就拿軟盟來說，我們在發展的過程中，並沒有得到政府一分錢的貸款，我們的所有資金都是自己解決的。」

海城市長本來笑咪咪的臉，當即就有些不好看了。

「我說這個，並不是發難，而是想反映民營高新企業的一個最大困境，我們非常缺乏資金，尤其是用於研究的資金。房產公司可以用地皮來抵押獲得貸款，可由於高新企業的性質，決定了它不可能像其他產業一樣，有固定的資產用來抵押，我們的產品在還沒有研發完成之前，是根本看不到的，甚至是不能讓人知道的。」劉嘯非常誠懇地看著那幾位市長，「所以我想，可能的話，請幾位市長可以制定出一些針對高新企業的貸款政策，放寬在這方面的限制，讓我們一些很優秀的高新企業能有更多的資金獲取途徑，來創造更好的產品，而不是將好的東西胎死腹中，或者轉售給國外的財團，這也是一種資源的極大浪費！」

「最後，我再次感謝本次大會的邀請，感謝雷城市府的熱情招待，感謝海城市府和封明市府對於軟盟的一貫支持。同時，我也希望國內有更多類似軟盟的企業，能夠得到和軟盟一樣的支持，等明天高峰會再舉行的時候，我想我會看到更多的超級企業崛起！」劉嘯朝台下第三次鞠躬，「我的演講完了，謝謝！」

台下的人愣了半晌，然後才爆出雷鳴般的掌聲，劉嘯說出很多同行想說但說不出來的話，這讓他們很感激。

蘭登早上上班的時候，一上樓，就發現鮑比正等在自己的辦公室門口，這讓他很吃驚，在他看來，鮑比不是這種人！

「鮑比先生，出什麼事了嗎？」蘭登問，這也是他看到鮑比之後的第一個念頭，不會是出什麼大麻煩了吧！

鮑比搖著頭，「進去再說吧！」

蘭登這一聽，心裏頓時七上八下的，八成是出了什麼大事，於是趕緊打開辦公室，和鮑比一起走了進去。

鮑比進去之後，也沒坐下，而是從自己的皮包裏掏出一疊列印好的文件，道：「蘭登將軍，這是我從劉嘯進攻資料裏分析出來的一些東西，你可以看看！」

「你找我就是這事？」蘭登有些懷疑，不敢相信自己的判斷。

鮑比點了點頭，「是！這是件大事，你看完這份資料就能明白！」

蘭登翻開鮑比的資料，頓時頭就有些犯暈，裏頭的代碼太過繁雜，這已經超過了蘭登的認知範圍，他對電腦的理解還達不到這個程度。

「鮑比先生，你還是直接給我一個結論吧！」蘭登硬著頭皮看了三四頁，便有些頂不住了，苦笑道：「我並不是電腦方面的專家，要弄懂這些代碼，對我來說有些困難！」

鮑比似乎是有些意外，愣了片刻，道：

「這些資料記錄了劉嘯昨天的攻擊手法，這是我和劉嘯的第一次交手，可以說，這個中國駭客頭子的技術水準之高，令我感到非常震驚，除了攻擊思路和佈局上的嚴謹外，他在短短不到半分鐘的攻擊時間裏，使用的攻擊手法達到了十六種之多，每一種手法都可以令你們的網路毫無還手之力，他之所以來回切換攻擊手法，目的只在於要讓防守方迷惑，從而陷入他的佈局之中！」

「半分鐘？十六種？」蘭登也覺得太不可思議了，平均不到兩秒鐘就會更換一種攻擊手法，這還是人嗎？

鮑比笑著搖頭，他一看蘭登的表情，就知道蘭登誤會了自己的說法，看來蘭登對於真正的駭客高手並不太瞭解，半分鐘更換十六種攻擊手法，神也很難辦到，自己所說的是劉嘯在半分鐘的攻擊裏，所涉及到的攻擊手法一共是十六種，並不是說要把十六種手法挨個輪換一次。

不過鮑比也懶得解釋這個，道：「我之前犯了一個嚴重的錯誤，我高估了你們的網路安全軟實力，以這樣的安全等級，我無法判斷出劉嘯到底會從哪個點上發起攻擊，追捕劉嘯，也只能捕風捉影罷了！」

「鮑比先生請具體說！」蘭登非但沒有絲毫不快，反倒是有些高興，他之前就覺得鮑比過於誇誇其談，現在他能夠對自己進行反思，也能夠認真地去研究F國網路所存在的切實問題，蘭登只會高興。

「我準備先對整個F國的關鍵網路進行一次安全軟實力升級，具體來說，就是修補各伺服器上目前所存在的安全漏洞，這可不是按時打官方補丁那麼簡單，就拿劉嘯的這十六種攻擊手法來說，你就算打上所有的補丁，也絲毫無濟於事，如果官方補丁能管用，那麼這個世界就不會存在駭客了，駭客總是走在安全防護之前的！」

「我明白鮑比先生的意思了！」蘭登不是電腦專家，但這個還是可以理解的，「我完全支持鮑比先生的想法！」蘭登覺得鮑比早就應該這麼做了，不過現在回頭也還來得及。

鮑比點了點頭，「謝謝蘭登將軍的支持，我會在這兩天內，拿出一個可行的方案來！」

「好好好！」蘭登連連頷首，「如果有什麼需要幫忙的地方，鮑比先生可以隨時來找我！」

鮑比從口袋裏掏出一個隨身碟，「這裏面是我特意準備的一些補丁程式，打上這些補丁，就可以成功防範劉嘯昨天所使用的那十六種攻擊手法！」

蘭登大喜，「太感謝鮑比先生了！這正是我們所需要的！」蘭登把那隨身碟收好，道：「對了，不知鮑比先生是否從那些資料裏分析到了劉嘯蓄意攻擊的證據？」

鮑比搖了搖頭，「劉嘯非常謹慎，並沒有留下什麼痕跡，再加上攻擊手法繁雜多變，讓分析到他的真實地理位置的難度加大。毫不誇張地說，想要從資料中拿到那些證據，已經是不可能的事了，這也是出道以來，我第一次失手！」

蘭登早料到是這個結果，也就不覺得有什麼意外，他早知道劉嘯不是那麼好對付的，不過這樣也好，至少讓鮑比清醒了過來，讓他認識到了自己的對手是多麼地強大。

其實蘭登現在倒是有些開始看好鮑比了，特別是在聽了鮑比今天這番誠懇的談話之後，至少蘭登覺得鮑比同樣心思縝密，能夠完全預料到劉嘯所有可能行蹤的人，鮑比還是頭一個，在此之前，Ｆ國還沒有一個人能夠抓到劉嘯的行蹤。先前鮑比只是有些輕敵了，現在他清醒了過來，蘭登覺得抓到劉嘯，也並不是沒有可能的事，就算抓不到劉嘯，只要鮑比全力以赴，讓Ｆ國擺脫目前的網路安全危機，應該還是十拿九穩的。

送走鮑比，蘭登開始翻閱今天送來的情報資料，其中，他看到了一條和劉嘯有關的消息。由於劉嘯在雷城高峰會上大談振興民族企業的問題，導致雷城高峰會全面失敗，與會的外資企業最後一家都沒留下，這使得雷城市府大為惱火，也使得承辦方的華維集團非常尷尬。據這份資料裏的記錄，說是會後華維總裁曾親自去找劉嘯談話，但似乎兩人談得並不愉快。

蘭登看到這裏，頓時眼前一亮，他的那個離間華維的方案，因為鮑比的到來而不得不被終止，可現在，他突然又看到了一絲希望，這真是天賜良機，劉嘯的莽撞，讓他和華維的合作出現了一絲縫隙，自己只要盯著這個縫隙不放，遲早能給他撕開一道口子。

蘭登拿著這份資料，進了負責人的辦公室，他準備說服負責人，繼續執行自己的離間計。

負責人看到蘭登，沒容得蘭登開口，就道：「你來得正好，我正好要告訴你一件事！」

「呃？」蘭登有些意外。

負責人從桌上抄起一份文件，「剛剛接到國防部的批文，他們收到我們的疑慮後，重新對鮑比的身分來歷進行了調查，而且還組成了更為龐大的評審團，對鮑比內三外三的安全體系進行了再一次的研究。」

「結論呢？」蘭登問著。

「鮑比的來歷毫無問題，內三外三的安全體系也是絕對安全可靠的！」負責人說著，「這是國防部的最新批文，他們已經正式通過鮑比的方案，整個方案的預算資金也已經到位，國防部已經派採購團親赴英國，前去調查那家提供外三體系安全設備的製造商，估計一兩天內就有結果！」

蘭登站在那裏皺眉，沒有說話。

「你有什麼看法，說說吧！」負責人問著蘭登。

蘭登現在倒不知道該說什麼了，幾天之前，他還是非常反對這個方案的，現在之所以猶豫，是因為他對鮑比的態度有所改變，說實話，方案究竟是好是壞，蘭登作為一個外行，並沒有多大的發言權，他的一切質疑，都來自於他對鮑比的不信任，現在對鮑比有所信任，那質疑自然也就少了很多。

「既然國防部的專家認為鮑比的這個安全體系沒有問題，那我自然也就無話可說了！」蘭登咬咬牙，「不過，我還是傾向於更為先進的策略級防禦體系！」

蘭登上前兩步，把手裏的資料放在負責人的桌上，「這是今天剛剛收到的情報，劉嘯給了我們一個好機會，如果抓住的話，我們非但可以得到低價的策略級產品，還可以一舉拆掉軟盟的後盾體系，這是我們報仇的最好機會，甚至我們都不用出面，只要能夠說服華維，華維就會幫我們搞定一切。」

負責人拿起那份資料，快速讀了一遍，便沉吟了起來，按說這確實是個好機會，劉嘯在技術上是個天才，可畢竟還年輕，血氣方剛，容易衝動，他這麼做無疑是給對手送了一份大禮。可負責人有些拿不定主意，因為國防部已經正式下了批文，要在關鍵網路建立內三外三的防禦體系，自己此時要搞，不就是和國防部唱對台戲嗎。

「我們在國外還有一些可靠的合作夥伴，如果將軍覺得我們不好出面，可以讓他們去做！」蘭登說道。

這也是負責人所頭疼的地方，單純的說服對於華維來說根本不起任何作用，如果不給華維一點利益的話，華維肯定不會背叛和軟盟的盟友關係，如果借助外人去拉華維下水，可行倒是可行，但這筆資金最後還得著落在情報部的頭上，而且花費肯定小不，先不管這筆開支能不能過關，關鍵是自己花錢，讓別人得了實惠，就是為了能整一把軟盟，這是不是有些不划算啊。

「我看這事很難辦！」負責人最終還是放棄了蘭登的計畫，「如果你覺得一定要搞，可以先安排人暗中和華維進行接觸。」

負責人的態度和上次基本一樣，反正就是如果能夠不花錢辦成這事的話，他就支持，花錢的話就免談。

蘭登有些鬱悶，道：「那我再考慮考慮吧！」說完，轉身出了負責人的辦公室！

劉嘯沒想到自己昨天的那番話能引起這麼大的風波，說實話，他說那些話，真的是一點私心都沒有，劉嘯只是覺得國內的這些企業太不容易了，內有同行壓制，外有列強虎視眈眈，一千個企業裏也難有一個能形成氣候，他說的那些辦法和建議，也全部都是切實可行而且有針對性的。作為同行，他只是想拋磚引玉，為那些還在痛苦掙扎的企業指出一個方向。

可劉嘯的那番言論一經公佈，就引來無數的議論，有人欣賞，有人潑冷水，更有人說劉嘯這是在作秀。唯一讓劉嘯欣慰的是，至少那些國內的同行都贊同自己的說法。

「唉，衝動是魔鬼啊！」劉嘯苦笑著，開始收拾自己的東西，準備回海城。

劉嘯最後收拾的是電腦，他特意留意了一下F國的反應，似乎並沒有任何關於網路安全部被駭的消息，看來他們已經採取了措施，那邊網路危機愈演愈烈，已經經不起任何折騰了，任何一根稻草，都能把他們壓垮。

「看來那個新請來的網路安全專家也不過如此！」劉嘯搖搖頭，把電腦塞進包裏，檢查有無遺漏的東西，準備就要離開。

「砰砰！」此時傳來敲門聲，劉嘯打開門，發現門外站著的是李易成。

李易成顯得很興奮，「我來送你！」說完往屋內椅子上一坐，道：「你昨天可真厲害，那番話說的是一針見血啊，知道現在業內這些企業怎麼評價你嗎？」

劉嘯搖搖頭苦笑道：「你就別拿我尋開心了，我現在已經後悔了！」

「大家都說，以前軟盟只是個典型的暴發戶，但從昨天開始，軟盟就是國內行業當之無愧的龍頭老大了！」李易成哈哈笑說：「你那話說到了很多人的心裏去，特別是我。當初如果不是內耗，有人願意借給我一筆資金的話，我的主動防禦軟體已經殺到了世界的各個角落，也不至於窮困潦倒成那個樣子，最後要不是軟盟提攜，我的易成軟體恐怕早就關門了。若干年後，等那些國外反病毒廠商再回過頭來把『主動防禦』這個概念推廣到中國的時候，也不一定有人會記起我李易成！」

劉嘯呵呵笑說，「我們都是幸運的，雖然說是好事多磨，但畢竟還是挺過來了！」

「是啊！」李易成感慨道：「可還有更多的人現在仍在苦苦掙扎，你今後有什麼打算沒有？」

「有倒是有，不過現在還不能告訴你！」劉嘯說：「我現在是真怕了，隨便一句話都能招來非議，我想我以後還是多做事少說話！」

「行！」李易成笑說：「那我也不多問了，東西收拾好沒有？我送你去機場！」

兩人剛出了房間，就碰到了海城的市長助理，看見劉嘯，急忙說道：「劉總，我正要通知你呢，馮市長說要和你一起回海城，路上順便討論一下關於扶持高新企業的一些政策問題，馮市長想聽一聽你的具體看法。」

劉嘯一聽，頓時頭痛欲裂，自己才想著要多做事少說話，這還躲都躲不過去了。

蘭登仍不死心，雖然負責人已經表態不支持，但他還是決定暗中安排人去接觸華維，能夠不花錢還能讓華維背棄和軟盟的同盟，這當然是最好的結果了。

一連好幾天過去，一點消息都沒有，蘭登索性把這事放在了一邊，這事也只能盡人事，聽天命了。

這一天，韋伯來情報部向蘭登通報情況，進門之後顯得非常高興。

「鮑比那邊有什麼新的進展？」蘭登問道。

「鮑比先生提供的那些補丁程式，勘驗無誤後，已經在網路安全部的統一安排下，安裝到了國內所有關鍵網路的伺服器之上，效果很明顯，駭客攻擊的成功率頓時銳減了一半。」韋伯對這一數字非常滿意。

「不錯！」蘭登微笑頷首，看來這個鮑比真是有些水準，「那鮑比先生有沒有提到接下來的計畫？」

韋伯有些詫異，「我來找你正是要說這件事，韋伯先生的所有工作，不是都是由你們情報部來協調的嗎？我就是問問蘭登將軍，鮑比先生接下來準備如何做，需要我們網路安全部配合什麼，我們要提前做準備啊！」

蘭登也是意外不已，這個鮑比已經兩三天沒露面了，上次留下補丁程式之後，說是自己要制定一個計畫，按照他的效率，現在已經早都有結果了啊，要不是韋伯找來，自己還以為他早就在網路安全部行動起來了呢。

「他這兩天沒去網路安全部？」蘭登問道。

「沒有啊！」韋伯直搖頭，「我還以為他在和蘭登將軍商量接下來的計畫呢！」

蘭登當即拿起電話，按了鮑比的手機，鮑比接起電話，「你好，我是鮑比！」

「鮑比先生，我是蘭登！」蘭登自報家門之後，就趕緊道：「鮑比先生現在人在哪裡？」

「我在酒店啊！」鮑比有些意外，「怎麼，有事嗎？」

「網路安全部的韋伯上校過來，想問問你接下來的計畫做出來沒有，需要網路安全部配合做什麼，他好提前做好準備工作！」蘭登說。

「計畫已經大部分完工了！」鮑比笑說：「其實很簡單，還是要進一步加強網路的安全軟實力。我分析和總結了現有的所有駭客手段，並且利用這兩天的時間，設計了一套通用的安全補丁，現在還差一點點就能完工，只要把這套補丁安裝上，我想應該可以防範目前絕大多數的駭客攻擊手段，到時候再配合上內三外三體系，應該可以達到一種很好的安全效果！」

蘭登一聽，笑道：「那我就不打擾鮑比先生了，你看有什麼需要我們配合的，就儘管開口！」

「沒有什麼了！」鮑比頓了頓，「最遲明天下午，我會把這套通用補丁程式完成，到時候我會把它親自送到你的辦公室，在這段時間內，我不想被人打擾！」

「好，我明白了！」蘭登說：「那一切就拜託鮑比先生了！」

掛了電話，韋伯急忙問道：「鮑比先生怎麼說？」

「他說他正在設計一套可以遮罩掉絕大多數駭客攻擊手段的補丁程式，不希望被人打擾！」蘭登說。

「我以前還真是小看了鮑比先生！」韋伯嘆了口氣，又換上一臉的期待，「我們的安全水準和鮑比先生比起來，真的是差了很多，希望這次能夠在鮑比先生的協助下，徹底度過網路安全危機！我對此很有信心。」

蘭登笑笑，自己又何嘗不是呢，自己以前也是很不看好鮑比，可現在也只能把所有的希望寄託在鮑比身上了，因為已經沒有人能來幫助F國了。

送走韋伯之後，蘭登就被負責人叫了過去，「將軍，你找我？」

負責人點點頭，把一份檔案放在桌上，「剛剛得到的消息，國防部派去的採購團已經核實了設備供應商的情況，經國防部同意，他們向對方下了採購訂單！」

蘭登倒是不覺得意外，只是有點吃驚國防部這次的辦事速度，他拿起桌上的文件看了一遍，然後有些詫異，「怎麼預算又增加了呢？之前硬體這部分的預算是五十二億，現在怎麼突然增加到七十億了？」

負責人搖搖頭，「具體的數字是採購團和設備供應商商量出來的，我們也是無權過問！」

「國防部一次下七十億的訂單，按照慣例，就需要一次向對方支付百分之三十，也就是廿一億美金的訂金！」蘭登咂咂舌，「國防部以前也從沒這麼大方過啊！」

負責人搖頭笑說，「可能是這次的網路安全危機影響太大，他們的壓力也很大，不管怎麼說，只要趕緊把設備拉回來，把這個外三體系先建立起來，我們的壓力也能少不少！」

蘭登鎖著眉，把那檔案又放回到負責人的桌子上，然後站在那裏沉思著。

「你在想什麼？蘭登！」負責人問。

蘭登搖了搖頭，隨即笑道：「沒什麼，按照以往的經驗，像這麼大的一筆支出，得來回折騰好久才能拍板，這次國防部如此痛快，倒讓我有些不適應！」

「看來我們以後也得向國防部學習啊，正是我們的優柔寡斷，以前錯失了很多機會！」負責人嘆著氣。

「是！」蘭登立正點頭，「我一定吸取教訓！」

請續看《首席駭客》十二 最強神人（完結篇）

首席駭客 十一 趁火打劫

作者：銀河九天
發行人：陳曉林
出版所：風雲時代出版股份有限公司
地址：105台北市民生東路五段178號7樓之3
風雲書網：http://www.eastbooks.com.tw
官方部落格：http://eastbooks.pixnet.net/blog
Facebook：http://www.facebook.com/h7560949
信箱：h7560949@ms15.hinet.net
郵撥帳號：12043291
服務專線：(02)27560949
傳真專線：(02)27653799
執行主編：朱墨菲
美術編輯：吳宗潔

法律顧問：永然法律事務所 李永然律師
北辰著作權事務所 蕭雄淋律師

版權授權：蔡雷平
初版日期：2015年12月
初版二刷：2015年12月20日
ISBN：978-986-352-189-1

總 經 銷：成信文化事業股份有限公司
地　　址：新北市新店區中正路四維巷二弄2號4樓
電　　話：(02)2219-2080

行政院新聞局局版台業字第3595號 營利事業統一編號22759935

定價：280元　　特惠價：199元

國家圖書館出版品預行編目資料

首席駭客 ／ 銀河九天 著. -- 初版. -- 臺北市：
風雲時代，2015.04- 冊；公分

ISBN 978-986-352-189-1（第11冊；平裝）

857.7　　104005339